원래 그렇게 말이 없어요?

청춘문고

재필 씨는
원래 그렇게
말이 없어요?
네.. 네?

아…… 원래 그렇게……

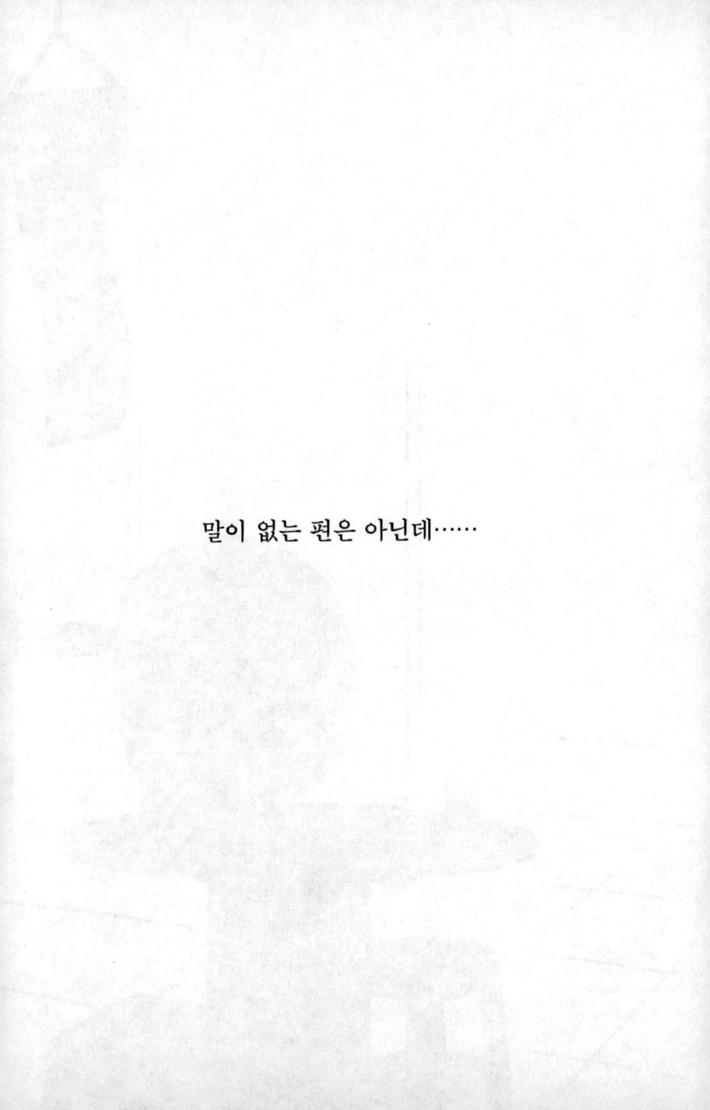

말이 없는 편은 아닌데……

재필 씨는 원래 그렇게 말이 없어요?
네.. 네?

목차

1부 저승사자 어르신 잠깐만

2부 서울의 삶

3부 짓궂은 수수께끼

4부 내가 떠났던 여행에 대하여

가자고~!
나 퇴근시간이야.
저.. 잠.. 잠깐만요
이것만 빨리
지울게요....
요즘 애들은
다들 왜 이래?

1부 저승사자 어르신 잠깐만

저승사자 어르신
잠깐만

글의 도입부터 훅 끼치는 클리셰 냄새에 책을 덮을지 모르겠으나, 그래도 당돌하게 한번 적어보자면 나는 평소 언제든지 죽을 수 있다는 것을 생각하며 산다. 나는 언제든지 죽을 수 있다는, 아니 그런 지루한 사실을, 누구도 피할 수 없는 사실을 자주 곱씹는데, 그런 걸 생각하고 살다니 '참 피곤하게 사는군요' '참 우울한 친구구먼'이라고 한다면 별로 할 말이 없다. 그렇다. 나는 전반적으로 참 피곤하게 살고 있으며, 정말이지 우중충한 잿빛 속에 살고 있다. 다만 그 이유에 대해서 생각해보건대, 인생의 어느 지점에서 크나큰 상처나 문제가 있었던 것은 아닌듯하고, 내 생각에 그 모든 게 아마도 여자친구가 없어서 그런 게 아닐까 한다. 그래서 어딘가에 있을지 모를 내 운명의 상대가 이 수필집에 걸려들어 나를 가엽게 여기고 연정을 느꼈으면 하는 바람으로, 일종의 낚시성 구애의 외침을 끄적여보는 중이다.

이런 수준 높은 수필집에 이런 뻔한 이야기와 이런 재미없는 농담과 운명의 상대를 걸려들게 하기 위한 이런 얄팍한 노림수로 문을 여는 것을 미안하고 부끄럽게 생각하며, 다시 한번 말하지만 우리는 언젠가 죽게 되어있다. 누구든 그 사실을 알고 있다. 하지만 그런 건 그냥 모른 척 덮어두고 사는 것이 마땅한 일이다. 그런 걸 일일이 염두에 두고 살다가는 싱싱하게 살아도 모자랄 짧은 우리의 삶이 그저 눅눅해질 뿐이라는 것을 알기 때문이다.

하지만 어쨌든 부정할 수 없는 건 생이란 참 무서운 것이란 거다. 우리의 삶은 세상에서 가장 무섭고 잔혹한 링이다. 링 위에 한번 오른 이상 죽기 전까지 절대 내려올 수 없다. 반드시 삶이라는 링 위에서 죽어야만 한다. 링 위에 오른 순간 누구에게나 공평하게 인생의 어딘가에 자신의 숨통을 끊을 단 한 방의 매서운 카운터 펀치가 예고되어있다. 늘 우리의 삶 주변에는 골목길을 잘못 들어섰다 걸리는 불량배처럼 사고와 병마가 서성이고 있다. 웹툰 〈미생〉의 명대사처럼 '보이지 않는다고 해서 존재하지 않는다'고 생각하면 안 되는 것이다. 이어폰을 꽂고 좋아하는 뮤지션의 음악에 맞춰 콧노래를 흥얼거리는 사이에, 어느 순간 골목길 귀퉁이에서 자동차가 덮쳐드는 재난을 당할지도 모르는 일이다. 설령 운이 좋아 그런 것들을 모두 피해 가는 삶을 보낸다고 하더라도, 저마다 할당받은 시간이 끝나면 우리는 어딘가로 냉정하게 수거된다. 아쉽게도 태어나면서 받은 삶이란 저마다 약속된 시간을 사용하고 돌려주어야 하는 대출과 비슷한 모양이다. 드라마나 영화에서 보듯 언제 어디서 들이닥칠지 모르는 사채업자처럼, 언제 어디서 우리의 삶에 저승사자가 불쑥 찾아와 문을 두드릴지 모르는 일이다.

그런 면에서 삶이라는 건 한편으로 참 허술하고 애처롭기 짝이 없다. 그래서 말이지만 과연 이 세상에 죽음을 맞이하기 전 자신의 삶을 조용히 회고해 볼 수 있는 사람이 얼마나 있을까. 곧 맞이할 죽음 앞에서 자신이 걸어온 인생을 유유히 돌아보며 유서를 준비하고 떠나는 사람이 과연 몇 명이나 될까 하는 것이다.

누구도 자신에게 주어진 그 '언젠가'의 지점을 예견할 수가 없다. 이렇게 따져본다면 우리 모두는 지금 당장 유서를 써 보관해야 하지 않을까 싶다. 그렇지 않은가. 우리 모두는 내일 당장에라도 죽을 수 있으니 유서라는 것은 임종을 목전에 둔 사람만의 것이 절대 아니다. 남녀노소를 막론하고 지금 모두 당장 책상 앞에 앉아 펜을 들어야 하는 것 아니냐는 말이다. 그래서 그와 비슷한 이유로 아마 인간은 일기를 적는지도 모른다.

나 역시 언제 죽을지 모르기 때문에 하는 고민이 있는데, 음…… 여러 가지가 있지만 그중 한 가지만 이야기해보자면 야동을 담아놓은 폴더를 열 때마다 그런 고민의 늪 속에서 허우적거린다. 언제 죽을지도 모르는데, 이딴 것들을 보관하고 있는 것의 가치를 계산해보는 것이다. 한심하게 들리겠지만 그런 고민을 하면서도 쉽게 지우지는 못한다. 어쩌다 진지하게 '이딴 것들 가지고 있어 뭐하나' 하고 휴지통 속으로 끌어넣으려고 하면 지난날 이딴 것들을 모아왔던 수집의 시간은 자신을 버리지 말라고 애걸하듯 나의 발목을 붙잡고 매달린다. 지난날의 수고로움이 주마등처럼 눈앞을 스치면서 쉽게 그녀들을 해방시키지 못한다.

다시 말해 나는 야동이 담긴 폴더를 열 때마다 언제 죽을지도 모르는 인간의 숙명을 떠올린다. 상스럽게 닳고 닳은 야동이라는 그 민망한 단어를 망자가 남기는 유품 속에 넣기에는 절대 곤란한 법이다. 만약 내가 내일 당장 이 세상을 떠나, 혹시나 내 컴퓨터 폴더 속의 나의 끈적거리는 숨겨진 삶이 누군가에게 드러나는 장면을 상상해볼 때가 있다. 그 사람이 누가 되었든 간에 고인이 되어 아무런 항변도 할 수 없이, 그저 색으로 가득한 삶을 살다가 떠난 한심한 망자의 모습으로 남고 싶지는 않다. 그런 고민을 하다가 컴퓨터에 비밀번호를 걸어놓을 때도 있긴 하다. 하지만 언제 죽을지도 모른다는 말은 즉, 뒤집으면 언제까지 살 수 있을지도 모른다는 말인데 매번 이렇게 컴퓨터에 비밀번호를 걸어놓는 것 또한 여간 귀찮은 일이 아니다.

하여간 우리 모두는 언제든지 죽을 수 있다는 인간의 한계를 알고 지내면서도, 늘 그에 대해 대비를 하고 살 수 없는 허술한 숙명 속에 살고 있다. 누구라도 그러하듯이 어느 날 문득 우리는 우리 앞에 저승사자가 너무 갑자기 찾아와서 당황스러운 것이다. 아직, 아직 준비가 안 되어 있는데 손목을 잡고 어딘가로 이끌고 가려 한다. 저승사자는 어떤 양반일까. 곧 출발해야 하는 고속버스 기사 아저씨께 잠깐

화장실 좀 다녀오겠다고 양해를 구하는 것처럼 저승사자에게도 과연 그런 게 통할까.

“저승사자 어르신, 저 잠깐 컴퓨터 포맷만 하고 오면 안 될까요?”

삶은 보너스다

내게는 지구의 탄생과 인류의 출현 이후 은하계를 통틀어 존경하는 디자이너가 딱 한 분 있다. 나 역시 디자인을 업으로 하고 있기는 하지만 뭐 그리 썩 괜찮은 사람이 아닌 이유로 주변에 빼어난 디자이너를 보면 존경 같은 감정보다는 질투가 앞설 때가 더 많다. 하지만 질투라는 것도 어디까지나 나와 상대방과의 간격을 절감할 수 있는 거리에서 느끼는 감정이다. 즉 내가 말하는 그는 나와는 아득하게 요원한 곳에서 반짝이는 별과 같은 존재라…….

그래서인지 하잘것없는 질투보다는 존경심이 먼저 우러나오도록 만드는 인물이다. 이쯤 되면 그가 누구인지 궁금한 사람도 있을 것이다. 그렇다고 인간이 만든 한낱 종이 쪼가리 따위에 어찌 별을 담을 수 있으랴?는 생각으로 그분의 이름은 밝히지 않도록 하겠다.

운 좋게도 나는 그 디자이너분과 몇 번의 식사를 한 적이 있다. 그분께서 말씀하실 때는 술을 마실 때건, 그냥 지나가는 한담이건, 마음속으로는 항상 공손히 두 무릎을 꿇게 되고, 두 귀를 쫑긋 세우게 된다. 그분께는 그런 매혹적인 마력이 있다. 그의 음성은 훌륭한 지휘자의 손끝에서 어우러지는 오케스트라처럼 좌중을 부드럽게 감싸 안고, 그가 하는 이야기는 군더더기 없는 스시처럼 담백하며, 사람에게 강요가 없는 그의 해박한 지식은 그 어느 권위자의 말보다 위엄 있고, 힘을 갖는다.

나는 처음 한동안 그분의 나이를 몰랐다. 두 번째 술자리였을 즘 그분이 나와 불과 세 살 정도 차이밖에 나지 않는, 형이라면 형이라고 부를 수 있는 나이임을 알고서 깜짝 놀랐었다. 한편 동시대의 이런 대단한 분과 함께 술잔을 나눴다는 영광과 또는 내 분에 겨운 이런 믿기지 않을 영광이 어느 순간 연기처럼 사라지는 건 아닐까 하는 소심한 불안과 나는 이 나이 먹도록 뭘 했나 하는 자괴감 등 실로 복잡다단한 감정이 들곤 했었다.

이야기의 본론으로 들어가면, 어느 저녁 무렵 그 분과 함께 식사하던 중이었다. 그 자리에서 나는 그 분으로부터 삶에 대해 꽤 재밌는 이야기를 들었다. 그분이 '우리의 삶은 보너스와 같다'고 생각한다는 것이다. 보너스? 그분의 말에 따르면 우리의 삶은 태어나는 순간에 이미 완성되었다는 것. 그러니 태어난 이후의 삶이란 우리에게 덤으로 주어지는 보너스와 같다는 이야기였다. 바야흐로 그때는 인기리에 방영 중이던 드라마 〈미생〉의 열풍으로, 사회는 완생으로 나아가려는 우리 시대 미생의 이야기로 가슴 뜨겁게 흥분하던 중이었다. 그런 분위기 속에 우리의 삶이 이미 완성으로 태어났다는 말은, 사회를 휩쓸고 있는 군중의 장단과는 어딘가 맞지 않는 말이었다. 그 자리에서 그분은 보너스와 같은 우리의 삶과 관련해서 참 많은 이야기를 해주셨다. 그 순간의 기분을 뭐라고 표현하면 좋을지. 예를 들어 섬광처럼 번쩍이는 찰나의 아름다움 앞에서 그냥 지나칠 수 있을 포토그래퍼가 어디 있을까. 그 순간에 나도 그러한 심정이었다. 테이블 밑으로 몰래 핸드폰 녹취를 해서 싸그리 훔쳐 담고 싶을 만큼 주옥같은 말들이 금은보화처럼 쏟아졌던 것이다. 그렇다고 앞에 있는 상대방 몰래 녹취를 한다는 것도, 녹취해도 되는지 허락을 구하는 것도 당연히 실례인 것 같았다. 그저 최대한 정신을 바짝 차리고 귀담아들을 수밖에 없었다. 그리고 시간이 흘러도 가슴속에 문신처럼 단단히 박혀버린 '우리의 삶은 보너스와 같다' 이 한 줄을 떠올릴 때마다, 그 문장 속의 밀봉된 그날의 공기가 은은히 피어오르는 것이다.

시시콜콜한 이야기로 들릴지 모르겠지만, 알다시피 우리는 수억 대 일의 치열한 경쟁을 뚫고 이 세상에 나왔다. 간단히 말로 뱉을 순 있어도 머리에서 좀처럼 상상하기 힘든 숫자이자 경쟁률이다. 내 생각에 태아가 엄마의 배 속으로부터 세상의 빛을 보기까지는 동서고금을 막론하고 인간사에 펼쳐진 그 어느 전쟁과도 비교 못 할 험난한 전쟁을 거쳤을지도 모른다. 그러니 어쩌면 우리가 탄생하는 그 순간은 정자들의 입장에서 보면 힘든 시간을 참고 달려와 마라톤의 결승선을 가르는 그 가슴 벅찬 순간은 아닐까. 그리고 우리에게 주어진 생이란 역시 정자들의 관점에서 본다면 생이란 것을 얻기 위해 치열하게 고생했으니, '자, 세상 밖으로 나가면 좀 쉬어야지' 하고 생각해둔 정자들이 있을지도 모른다. 그렇게 정자의 시선에서 바라보면 우리에게 주어진 삶이란 정자가 성취한 거룩한 업적이다. 생존 서바이벌에서 살아남은 단 하나의 정자와 난자의 위대한 컬래버레이션이다. 그런 의미에서 인간들에게 주어진 인생이란 정자들이 선물하는 보너스 같은 것이 아닐까 하고 생각해보는 거다.

혹시나 오해할까 봐서 미리 알려두지만, 그 디자이너분께서 '우리의 삶은 보너스와 같다'라는 이야기를 정자의 처지에서 생각해보자는 취지로 꺼낸 이야기는 절대 아니다. 다만 어떻게 그 얘기가 내 머릿속에서 정자와 엮여 민망한 꼴로 윤색이 되었는지, 역시 사람은 자신이 아는 것만큼 말하고 표현하는 게 아닌가 하는 걸 새삼 느낀다. 어쨌든 다시 한번 말하지만, 정자의 시선으로 바라보면 우리의 탄생은 그 자체로 승리이며, 완성이며, 축복일 수도 있겠다는 얘기다. 아까도 말했다시피 정자에 따라서는 세상 밖으로 나가면 '아, 나는 바깥세상으로 나가면 여행이나 좀 다닐래' 하고 쉬려는 계획을 세워둔 정자도 있을지 모른다. 천상병 시인이 노래했듯 삶이란 소풍도 될 수 있고, 여행도 될 수 있으며, 정자의 입장에서처럼 기나긴 고행의 길 끝에서 선물 받는 휴식일 수도 있을 테다. 잠시 고등학교 때 제주도로 떠났던 수학여행만 떠올려봐도 그렇다.

한라산에 도착해서 주어진 자유시간에 산을 오르지 않고 근처만 유유히 배회하며 시간을 보내는 친구들이 있는 반면 치열하게 산 정상까지 올라가 발밑으로 넓게 펼쳐진 풍경을 굽어보고 싶어 하는 친구들이 있다. 보너스처럼 선물 받은 이 소중한 자유시간에 무얼 해도 좋은 것이다. 그렇다고 주어진 삶을 막 살아도 된다는 말은 아니다. 뭐 어쨌든 정자의 입장에서 생각해보면 그럴 수도 있겠구나, 하는 이야기였습니다.

죽는 연기를 가장 실감나게 잘하는 배우는 누구라고 생각하나요?

예전에 적은 어느 글에서도 이야기한 적이 있지만, 막연하게 "뮤지션 중에 누가 최고라고 생각하냐?"는 둥, "영화감독 중에 누가 최고라고 생각하냐?"는 둥 이런 식의 질문을 받으면 선뜻 답이 나오지 않는다. 의미도 없다. 그런데 유독 그런 질문들 앞에서는 이상하게 빠질 필요도 없을 고민에 빠지게 된다. 그런데 최근 나에게 일어난 조그만 변화를 관찰해보면 오직 영화에 한해서 만큼은 그런 질문을 받아도 이전과는 다르게 곧잘 대답이 흘러나왔다.

말하자면 이런 것들이다. 첫 번째, "그동안 봐온 영화 중 최고라고 생각하는 영화는 무엇입니까?" 이렇게 물어보면 나는 주저 없이 "저는 대런 아로노프스키 감독의 〈레퀴엠〉을 최고라고 생각합니다"라고 답할 것이다. 그리고 가장 좋아하는 여배우를 물어보면 전도연을 말할 테고, 가장 좋아하는 감독을 말하라면 왕가위 감독이라고 말할 것이다. 그리고 또 하나, 보고 또 보고 몇 번을 봐도 또 볼 수 있을 것 같은 영화를 물어보면 〈올드보이〉와 〈봄날은 간다〉를 말할 것이다. 물론 이 답들은 내가 살아오면서 본 영화보다 살아가면서 볼 영화들이 수두룩하니 언제든 바뀔 수 있다.

하지만 그중에서 절대로 변치 않을 것 같은 단 하나가 있다. 만약 "이 세상에서 죽는 연기를 가장 실감나게 잘하는 배우는 누구라고 생각하나요?" 이렇게 질문을 받는다면 나는 1초의 망설임도 없이 말할 수 있다. 배우 황정민을 말할 것이고, 또 그것만은 변치 않을 것이라고 확신한다.

두 번 이상 봤던 영화는 지금 떠올려봐도 몇 편 기억나지 않는다. 웬만한 감동과 재미가 아니라면 한 번 봤던 영화를 또 보는 일은 드물다. 우선 다 알고 있는 내용을 또 본다는 것은 줄거리 이외에 재차 감상하고 싶은 부분이 있는 경우다. 엇그제 두 번째 보게 된 〈부당거래〉가 그런 경우였다.

영화를 보다 보면 배우가 간혹 소름 끼칠 정도의 훌륭한 연기를 보여줄 때가 있다. 나는 이 영화의 마지막 장면, 황정민이 총을 맞고 바닥에 주저앉아 펼치는 연기에서 그러함을 느꼈다. 다시 봐도 감탄이 절로 나오는 장면이다. '음, 아마 총을 맞고 죽으면 저렇겠지'라고 고개를 끄덕이게 된다.

배우가 TV 예능 프로에 출연해 영화 속 액션신 중 리얼한 연기 이면에 숨은 비하인드 스토리를 들려줄 때가 있다. 하지만 리얼이라는 것도 어느 선까지 한계가 있는 법. 그동안 살면서 싸대기를 맞아봤다거나, 뒤통수를 맞아본 경험은 누구나 한 번쯤 갖고 있을 테지만 총을 맞는다는 것은 일반 사람에게 여간해서 일어나기 힘든 일이다.

배우와 만나서 이야기를 나눈 적은 없지만 분명 배우들도 그런 고민을 할 것 같다. 총알이 살을 뚫고 지나갈 때의 고통은 어떤 느낌일까? 하고 한 번쯤 상상해볼 것이다. 하지만 실감나는 연기를 위해서 실제로 사전에 한번 총을 맞아볼 수는 없는 일이다. 그렇다고 주변에 총을 맞고 죽은 사람을 수소문해서 찾아가 총 맞고 죽을 때 어떤 느낌이었나요? 호흡은 어떻게 조여오던가요? 죽음의 문턱을 넘을 때 그 찰나의 순간은 어떤 느낌이고, 그 순간 어떤 생각이 스치나요? 하고 물어볼 수가 없다. 이미 죽고 떠난 사람과의 대화가 가능할 리 없다. 물론 참전했다거나, 그 외에 어떤 이유로 자신의 삶이 날아다니는 총알들 사이로 휘말려 죽을뻔했던 사람을 찾아가서 물어볼 수는 있을 테다. 그렇다 하더라도 단순히 총을 맞고 죽을뻔한 사람 역시 총을 맞고 죽음의 문턱을 넘어서는 순간의 체험은 알 수 없다.

그리하여 죽음을 연기하는 것이야말로 오로지 상상력에 의존해야 하기 때문에 배우의 진가를 확인해볼 수 있는 대목이라고 여기는 것이다.

죽음에도 종류가 있다. 여러 가지가 있겠지만 일단 죽는 연기 자체가 어느 하나 쉬워 보이는 게 없다. 살아있는 그 누구도 온전한 죽음을 경험해볼 수가 없으니 말이다. 만약 연기에 목숨을 건 독한 연기자라면 교살당하는 신을 앞두고 자신의 목을 두 손으로 힘껏 감싸 누른 채 참아볼 때까지 참아볼지도 모른다. 그래도 도저히 해볼 수 없고, 상상조차 안 되는 것들이 있다. 칼로 온몸을 수십 차례 난자당한다거나, 탄환이 심장이나 머리를 가르는 순간의 표정과 고통의 일렁임, 그런 것들은 살아있는 자가 경험하고 재연할 수 없는 미지의 영역이다.

자, 당신이 배우라고 생각하고 한번 상상해보자. 빠앙. 방금 총을 맞았다. 이제 몇 초 뒤 눈을 감아야 자연스러울까. 눈동자에서 죽음이 밀려오는 그림자는 어떻게 표현해야 좋을까. 서서 맞았다면 과연 몇 걸음 정도 비틀거리다가 쓰러지는 게 그럴듯할까. 점점 불안정해지는 호흡은 어떻게 몰아쉬어야 하나.

영화 〈부당거래〉의 마지막 장면에서 황정민이 목에 총을 맞고 길바닥에 주저앉아 간헐적으로 고개를 끄덕거리는 장면은 여느 배우들이 보여줬던 죽음의 연기와는 사뭇 다르다. 분명 한 차원 웃도는 그런 느낌이었다. 영화 〈신세계〉의 엘리베이터 신에서 칼 맞는 연기를 보며, 그의 연기에 다시 한 번 엄지손가락을 들어줄 수밖에 없다. 그의 연기에는 총 맞고 몇 초 비틀거리다 자빠져 눈 감으면 전부가 아니라는 듯, 죽음의 순간이 놀랍도록 섬세히 빚어져 있다.

재필 씨는 원래 그렇게 말이 없어요?
네.. 네?

2부 서울의 삶

재필 씨는
원래 그렇게
말이 없어요?

"재필 씨는 원래 그렇게 말이 없어요?"라는 말을 참 많이도 들어왔던 사람으로서 나도 그 점에 대해선 할 말이 많다. 불과 며칠 전에도 어떤 술자리 모임에 있다가 테이블 건너편 무리 중 한 명이 불쑥 "재필 씨는 원래 그렇게 말이 없어요?"라는 말을 갖다가 나를 향해 던졌는데, 그게 하필 나의 자존감 근처 어디쯤을 찔렀던 것이다. 보통 이런 말을 들으면 나는 이런 생각이다. '지금 내가 말이 없어 당신이 불편하다는 말인가?' 아니면 '재필 씨는 원래 말이 없는 사람인가 하는 재필 씨에 대한 순수한 탐구 또는 단순한 호기심인가?' 아무튼 나는 내게 그런 질문을 던지는 사람을 만나면 당황스러워 어쩔 줄을 모르겠고 어떤 답을 돌려주어야 할지 난처하다. 간혹 나를 진심으로 걱정해서 그런 질문을 고운 포장지에 싸듯 다정히 건네는 고마운 사람이 있기도 하다. 하지만 대개는 무리 중에 꼭 한 명쯤 있는, 분위기를 자기 손에 꼬옥 움켜쥐고 싶어 안달인 치가 술상 위의 수질 검사를 하듯 예의주시하다가 나를 지목한다. 마치 지금 술자리에서 무리의 분위기에 스며들지 못한다고 판단하여 제멋대로 나를 벌하려 드는 느낌이다. 그렇다고 내가 무리 사이에서 모난 돌처럼 특별한 행동을 한 것도 아니다. 예컨대 모두가 술 마시는 중에 혼자 이어폰을 귀에 꽂고 콧노래를 흥얼거린다거나, 혼자서 술을 따라 마신다거나, 뭐 그런 별난 짓을 한 것도 아니고, 사람들의 이야기를 열심히 듣고 있던 중에 말이다.

다만 아쉬운 점은 "재필 씨는 원래 그렇게 말이 없어요?"라는 말을 듣기 전까지 나는 그 술자리를 나 나름대로 즐기고 있었다. 나는 결코 말이 많은 편은 아니지만, 상대방의 이야기를 잘 듣기 위해 힘을 쏟는 타입의 인간이다. (머릿속이 산만하고 딴생각을 하다 상대방이 하는 이야기의 맥락을 종종 놓칠 때도 많지만) 적당히 맞장구도 칠 줄 알고, 이야기의 흐름을 주시하다 테이블 위로 침묵이 깔리면 먼저 나서 머릿속에서 준비하고 있던 적당한 이야깃거리를 슬며시 차려낼 줄 아는 친절한 재필 씨다.

그러니 그런 중에 나에게 왜 말이 없냐고 난데없이 물으면 나도 억울한 부분이 있다. 나로서도 '저 사람이 나한테 왜 이러지?' 하고 다소 불쾌한 생각이 들 수밖에 없다.

내가 세상 모든 말이 없는 사람들의 입장을 대변할 수는 없겠지만, 보통 말이 없는 사람들은 고의로 입을 다문 사람들이 아니라고 말하고 싶다. 정말로 불쾌한 사람을 마주하고 있는 게 아니고서야, 누구를 기분 나쁘게 하려는 의도도 아니고, 분위기를 망치려는 의도도 아니다. 다만 말하는 게 조금 서툴 뿐이다. 타고난 이야기꾼이 있는 반면 들어주는 것이 발달한 사람이 있기 마련이다. 물론 어딜 가나 이야기꾼이 환영받는 게 당연할지 모른다. 하지만 나처럼 과묵하게 눈에 잘 띄지는 않으나 열심히 들어주는 것으로 말하는 이에게 스포트라이트를 양보하는 사람도 있다. 나의 과묵함을 밟고 이야기를 펼칠 수 있도록, 말하는 이에게 무대를 제공하는 사람도 있는 것이다. 다시 말해 술자리에서 말없이 심심하게 앉아있는 사람이 있더라도, 만약 그런 심심한 사람이 없다면 술자리 또한 그리 알차지도 유쾌해지지 못할 거라고 생각한다. 무릇 기분 좋은 술자리로 유쾌해지기 위해선 말하는 쪽으로 발달한 사람들끼리만 모여서도 곤란한 법이다. 어쩐지 이야기의 끄트머리에서 결국 준비했던 깔때기를 꽂고 나의 변명으로 귀결하는 이야기였나 모르겠다. 어쨌든 나같이 심심하게 생겨먹은 사람도 술자리에 반드시 필요하다는 말이다. 그러니 지금 맛있는 술 너희들끼리만 마시지 말고 불러달라는 이야기이다.

서울의 삶

서울에서 지낸 지도 어느덧 5년째가 되었다. 이제는 이 도시에 꽤 익숙해졌다고 생각이 들다가도, 유독 고향에 다녀와 서울고속버스터미널에 내릴 때면 새삼스럽게 서울이 낯설게 느껴진다. 다정하게 기회를 주며 나를 안아준 이 도시의 품에는 어쩐지 항상 그런 쓸쓸한 냄새가 있었던 것 같다. 냉혹한 조직의 보스가 건네는 달콤한 기회가 그렇듯 언젠가는 그 이면의 위험한 대가를 감당하지 못해 짐을 싸고 고향에 내려가야 할 날이 올지도 모른다는,

가슴 한편 끝내 채워지지 않는 그 헛헛한 기분 말이다.

그렇게 나는 서울고속버스터미널에 발을 내릴 때면 매번 쓸쓸한 감상에 잠기곤 한다. 그러다가 이내 분주한 사람들 틈에서 '서울'이라는 거대한 자명종이 지르는 소리에 깨어난다. "어이, 거기 마산 촌놈! 뭘 그렇게 멍 때리고 서있는 거야!! 정신 차리라고! 여긴 서울이라고!" 그러면 나는 그제야 정신을 차리고 낯선 서울의 모습을 내 눈 속에 다시 하나하나 새기기 시작한다. "얼굴에 복이 많으세요" 하고 다가오는 낯선 사람을 능숙하게 물리치며, 화장실 문에 무질서하게 붙은 장기매매 스티커에서 풍기는 슬픈 비린내를 맡으며, 전철을 타고 차창 밖으로 무심히 흘러가는 한강을 쳐다보면서 그제야 느끼는 것이다.
'아, 다시 서울에 왔구나.'

그중에서 나는 무엇보다 지하철 역내를 걸으며

여기가 대한민국 서울이라는 걸 강력하게 실감하게 해주는 서울 홍보대사들을 만난다. 그들은 바로 지하철 역내 곳곳에 포진해있는 성형외과 광고 속 모델들이다. 얼마 전에도 사방의 벽면이 여인들의 '샤방한' 미소로 넘실대는 압구정역 동굴 속을 걷던 중이었다. 나는 광고 속에서 가지런한 이가 마치 샤넬백에 붙어있는 쇠붙이 로고처럼 사치스럽게 빛나던 한 여자와 눈이 마주쳤다. 실로 흠잡을 데가 없는 아름다운 미모의 소유자였다. 가녀리고 매끈하게 내려오는 V라인은 노련한 칼 장수가 갈아놓은 칼처럼 빛이 타고 흘렀고, 오똑한 콧날은 그 어느 사내의 심장이라도 뚫어버릴 기세로 자신만만하게 솟아있었다. 그런데 이상하게도 매번 그녀들의 눈을 바라보고 있으면 그런 철저하게 무장한 아름다움에 주눅이 들어서인지 어딘가 압도되는듯한 기분이다. 칼로 도려내고, 깎고, 째고, 쑤시고, 봉합하고 산전수전을 통해 얻은 그녀들의 미소는 자본주의 그 자체였고, 승리자의 웃음이었으며, 고로 누군가에게 상대적 박탈감을 안기기에 충분했다.

이런 미소들이 서울 도심 곳곳에 걸려있는 것이, 어쩌면 현대인의 피로와 분명 연관이 있지 않을까 하는 생각을 한다. 하지만 그녀들이 서울 시민들의 피로의 주범이든 어쨌든, 나는 그녀들을 지나칠 때마다 그녀들의 달콤한 미소 앞에서 한 마리의 꿀벌처럼 매번 넋이 빠진 채 해롱대곤 한다.

그런 내 마음을 아는지 모르는지 광고 속의 여자는 24시간 닫지 않는 편의점처럼 매일매일 환하게 웃고 있다. 옆에 벗어놓은 침울한 표정의 지난날의 자신을 뒤로한 채 마치 뱀이 탈피를 하는 건 당연한 것 아니냐는 듯, 우아하고 당당하고 도도한 표정을 지으며 말이다. 그렇게 새 출발을 시작하는 새로운 얼굴은, 새로운 앞날의 꿈속에 잠겨 달뜬 미소를 짓고 있었고, 입꼬리 끝에선 보일 듯 말 듯 희뿌연 희망 한 조각이 나풀거리고 있었다.

곰곰이 생각해봤다. 지하철에서건, 도심을 걸으면서건, 이렇게 그녀들이 내 눈에 들어오는 이유를 말이다. 그건 단순히 그녀들의 외모에 사로잡힌 탓만은 아닐 것이다. 그냥 그녀들을 보고 있으면 이상하게도 그녀들의 미소가 꾸는 달콤한 꿈을 한번 같이 쫓아가보는 듯하다. 그게 무얼까 하고 말이다. 서울이라는 거대한 학급이 시민들에게 일러주고 싶은 것이 있어 거리 곳곳에 걸어놓은 그녀들의 얼굴을 보고 있자면 나 역시 이상하게 몽롱한 꿈속으로 빠지는 기분이다. 여기 서울에서 그들이 꾸는 꿈이 곧 내 꿈이기도 할 터인데, 이상하게 아무리 손을 뻗어도 접근할 수 없는 신기루마냥 보이지가 않는다. 마치 북한 거리 곳곳에 걸려있는 김일성, 김정일 부자의 초상화처럼, 서울 하늘 아래 걸려, 서울 시민들을 향해 매일같이 무슨 달콤한 꿈에 젖어 무엇을 보고, 어디를 향해 저렇게 웃고 있는 걸까. 그렇게 그녀들의 미소를 보며 넋이 빠져 헤벌쭉하다가…… 나는 까무룩 서울의 뱃속으로 잠들어 간다.

연신내
로또방

지금 시각은 7월 11일 새벽 5시. UEFA EURO 2016 포르투갈과 프랑스의 결승전을 보면서 글을 적고 있다. 시청을 하는 사람들은 알겠지만 전반 24분 호날두가 부상으로 교체 아웃되었다. 아, 이러면 새벽같이 일어난 보람이 없잖아 해봤자 어쩔 수 없다. 유로 결승에서 호날두가 없는 포르투갈을 누가 생각했겠는가. 심지어 호날두 자신도 전반 24분 만에 그라운드 밖을 나올 거라고 상상도 못 했을 것이다. 당연한 말이지만 축구영웅 호날두도 그

렇고 누구도 자신의 앞날이 어떻게 될지 상상할 수 없다. 뭐 아쉽지만 축구 이야기는 이만하고,

최근 들어 나도 '사람의 앞일이란 어떻게 될지 알 수 없으니' 하는 생각으로 일주일에 한 번 로또를 사고 있다. 살면서 이렇게 로또를 꾸준히 샀던 경우는…… 아마도 처음이다. 로또가 아니더라도 이렇게 꾸준히 무언가 했던 적이 있었던가 싶을 정도로 말이다. 흔히들 '로또나 됐으면' 하고 말은 많이 하지만, 실제로 주변에서 꾸준히 로또를 사는 이는 보기 드물다. 나도 그렇게 늘 말만 하다가 2016년부터는 매주 로또를 사고 있다. 당첨이 되고 싶으면 일단 로또를 사야 할 것 아니냐는 그 간단한 사실을 꽤 진지하게 인식한 것이다.

요즘은 대부분 편의점에서 로또를 파니까 아무 곳에서나 쉽게 살 수 있지만 나는 꼭 한 군데에서만 구입한다. 집에서 가장 가까운 편의점보다 약 백 미터는 떨어진 곳이다. 왜 꼭 그 로또방이냐

고 하면 이유가 있다. 1등을 5명, 2등을 23명이나 배출한, 연신내에서 소위 명당으로 통하는 곳이기 때문이다. 그 로또방 입구 벽면에는 마치 사법고시 합격자를 배출한 것마냥 '1등 5명, 2등 23명'이 적힌 커다란 현수막이 걸려있다. 매주 그 현수막을 쳐다보면서 '제발 내가 여섯 번째 당첨자였으면……' 하는 생각과 함께 기분이 엄숙해진다. 그리고 로또방에 들어가서 진지하게 펜을 잡는다. 그렇게 로또 번호를 고르면서 할아버지 제사 적마다 머리 엎드려 절할 때의 마음처럼, 마음가짐을 신성히, 깨끗하게 단정한다. 나는 지금 재미로 로또를 사는 게 아니기에, 어떠한 부정도 끼어서는 안 되기 때문이다. 비단 나만 그런 모습이 아니다. 매주 토요일 추첨 시간이 다가오는 8시쯤 로또방 입구는 줄을 길게 늘어선 사람들로 진풍경이다. 한결같이 비장한 표정이다. 토요일에 단지 재미로 이렇게 길게 줄을 서서 기다리는 사람들이 아니다. 삶에서 답이 여기밖에 없다는 걸 진지하게 깨달은 사람들이 매주 여섯 개 숫자의 답을 맞히러 이곳에 모여

든다.

벼락 맞을 확률의 가능성이지만, 단돈 5천 원이라도 꼭 로또를 사야만 한다. 적어도 지금 인생에서 벗어날 가능성을 배급받는 것만큼은 확실하니까 말이다.

로또방에 들를 때마다 생각한다. 여기서 1등이 다섯 명이나, 2등이 스물세 명이나 나온 것은 단지 우연이 아니라고. 로또방 주인장의 사주가 좋아서 그런 것도 아니고, 터가 좋아서 그런 것도 아니라고. 그저 이곳 연신내에서 유난히 자신의 삶에서 기댈 곳이라고는 로또밖에 없는 사람들이 로또를 많이 샀을 뿐이다. 로또가 그만큼 많이 팔렸기 때문에 확률적으로 당첨자도 많이 나왔던 것이다.

올해부터 다시 가계부를 쓰고 있는데 얼마 전 상반기 결산 겸 각 항목마다 얼마씩 썼는지 그냥 한번 훑어봤다. 술값으로 20만 원 정도 쓰고, 의류에 10만 원, 도서에 얼마, 등등 뭔가 나라는 사람이 보이는 것 같았다. '나는 정말 술을 그렇게 좋아하는 사람이 아니구나'라던가, 올해 옷에는 별로 돈 쓰지 말자고 결심했는데, 의외로 잘 지키며 살았구나, 등등 나라는 사람이 어떤 사람인지 가계부 숫자 하나하나에 묻어있는 것처럼 느껴졌다.

그것처럼 연신내 로또방에 걸린 '1등 5명, 2등 23명'이 적힌 현수막을 볼 때마다 느낄 수 있었던 것 같다. 내가 사는 연신내라는 곳이 어떤 곳인지, 어떤 사람들이 모여 살고 있는지 말이다.

1953년생 소녀

보고만 있어도 향기로운 커피 한잔 함께 나누고 싶어지는 감성적인 외모와는 어울리지 않게 몸에 문신을 크게 그렸던 적이 있었다. 지우지 않았으니 지금도 용 한 마리가 기세 넘치는 포즈로 내 어깨 위에 앉아 포효하고 있다.

이제 와서 이런 말을 한다고 돌이킬 수 있는 일도 아니거니와, 후회도 하지 않지만 어쨌거나 문신을 한 점에 관해서 어머니께 늘 미안한 마음이다. 문신하기 전 당연히 허락해줄 턱이 없어, 멋대로 하고 난 뒤 선문신, 후보고로 어머니께 보여드렸는데 어머니가 그만 펑펑 우시는 것이었다. 내 생에 어머니가 그렇게 펑펑 우셨던 모습은 아마도 그날이 처음이었을 거다.

그렇게 우시면서 어머니가 보인 여러 가지 반응은 나로서는 평생 잊을 수 없는 기억이다. 어머니는 내 문신을 보고 첫 번째 펑펑 눈물을 흘렸고, 두 번째는 '이거 지금 바로 지우러 가자'였다. 내가 지우려면 돈 어마하게 많이 들 거라고 말하자, 내일 바로 대출을 받아볼 테니 제발 꼭 지우러 가자는 거다. 그리고 앞으로 취직은 어떡하니? 하며 닭똥 같은 눈물을 뚝뚝 흘리셨다. 또 앞으로 결혼은 어떡하니 하면서 걱정을 하시는데, 나는 죄지은 마음과 미안한 마음 한편, 세상에 이런 순진한 소녀가 또 있을까 생각했다. 그렇게 나는 우는 그녀를 계속 달래주어야만 했다.

나중에 알게 된 것이지만 어머니께도 그렇게 눈물을 흘려야만 했을 내가 몰랐던 이야기가 있었다. 그러니까 옛날 옛적 문신이 사회적으로 몹시 개구쟁이들의 전유물이었던 시절, 아 그러니까 그런 몹시 개구쟁이들을 훈육 차원에서 국가가 잡아들여 좀 두드려 패기도 했던 냉혹하고 삼엄한 시절 엄마의 사촌 동생도 몸에 문신이 있었다고 한다. 그런데 그 시절 사촌 동생이 친구들과 사고를 쳐서 경찰서에 붙들려 간 적이 있었더란다. 엄마도 사촌 동생 때문에 보호자들이 불려갈 때 동행하여 경찰서에 갔었다고 했다. 그런데 경찰이 보호자들이 보는 앞인데도, 몸에 문신이 있는 사촌 동생만 그렇게 구둣발로 까고 패더라는 것이었다. 안타깝게도 어머니는 내가 한 문신을 보자 자꾸 그때 기억이 난다고 하셨다.

아마도 그렇지 않았을까 하고 생각해본다. 어쩌면 어머니가 내 어깨에 그려진 문신을 보는 순간 마치 전자발찌를 보는 것과 비슷한 충격을 받았을지도 모른다고. 엄마 아, 요즘 진짜 그런 세상 아니야, 서울에 젊은 사람들 엄청 많이 하고 다닌다니깐. 저 봐, 저기 TV에 나오는 가수도 했잖아 하는 소리가 전혀 통하지 않는다. 서울에서 지내면서 가끔 엄마의 전화를 받지 못한 날이면 어머니는 나랑 통화가 되지 않는 그 짧은 시간 동안 무수한 상상이 펼쳐진다고 한다. 아니 지금 우리 아이가 문신한 것 때문에 어떤 불량한 사람들과 엮여 무서운 일에 휘말려있는 게 아닐까 하는 걱정이 된다고 한다. 다행히도 어머니의 걱정과는 다르게 이제껏 문신 때문에 불량한 일에 말려든 적은 한 번도 없었다. 문신 때문에 구직하는 데 곤란한 적도 없었고, 사귀던 여자친구가 문신을 보고 난 뒤 헤어지자고 한 적도 없었다.

문신한 지가 10년이 지났거늘, 아직도 고향 마산에 내려가면 늘 걱정스레 꼭 한 번은 물어보신다.

그렇게 나는 매번 고향 마산에 내려갈 때마다 기술과 과학이 아무리 발전하더라도 좀처럼 현재와 동기화되지 않는 1953년생의 나이 많은 어린 소녀를 만난다.

나는 잘될 줄 알았다

이제껏 살면서 크게 착각했다고 생각하는 부분이 있는데, 그게…… 나는 내가 잘될 줄 알았다는 거다. 철없이 엄청난 성공을 바랐던 나날도 있지만 그게 아니라면 서른 정도에는 조금이라도 통장에 돈 좀 모아둘 줄 알았고, 짝지랑 주말에 느긋하게 소파에 앉아 함께 드라마도 보고, 또 그러다 내 무릎에 짝지 머리 눕혀 짝지 귀도 파주기도 하고, 또 그러다 짝지 입술에 뽀뽀도 좀 하고, 또 그러다 나도 몰래 그만 짝지의 찌찌를 향해 손이 슬그머니

내려가기도 하고, 또 그러다 짝지가 애교 잔뜩 섞인 귀여운 콧소리로 "아잉~ 자기 왜 그랭~" 하며, 나를 밀치고 침대로 쪼르르 달아나기도 하고, 또 그러다 나도 윗도리를 훌러덩 벗으며 한 마리의 사자처럼 침대로 달려들기도 하고, 또 그러다 둘이서 이불을 뒤집어쓰고 다정한 참새 부부처럼 예쁘게 사랑을 지저귀기도 하고…… 화려하지는 않더라도 그 정도의 달콤한 삶은 보낼 줄 알았다는 거다. 그런데 요즘 내가 고작 그 정도의 삶을 보내지도 못할 만큼 열심히 살지 않았었나 하며, 도대체 어디서부터 밀려드는지 알 수 없는 회한에 잠겨 흘러가버린 과거를 돌아보곤 한다. 정말 내가 살아왔던 게, 그게 열심히 살았다고 할 수 없는 걸까 하고서 말이다.

어릴 적에는 말인데, 열심히만 한다면 다 될 줄 알았다. 가난한 집에 태어나서, 가난한 부모를 바라보며 유난히 많은 생각 속에서 단련하듯 자랄 수 있었던 행운은, 인생을 길게 봤을 때 평등한 것이라고 바라봤고, 초라한 동전 몇 닢마냥 내 손에 떨어진 보잘것없는 운명이라도 폼나게 목에 걸고 열심히 살다 보면, 언젠가는 잘될 거라고 그런 식으로 가난을 스웩swag 했다.

그래서 고등학생 때부터 시작해 대학생 시절까지 정말 쉬지 않고 아르바이트를 했었다. 독하게 밤낮으로 아르바이트와 공부를 병행하면서 고분고분하지 않은 인생을 헤쳐나가는 것도 어릴 적 그때는 꽤 짜릿한 쾌감이 있었다. 그리고 그런 고생이 인생을 살아가는 데 있어서 큰 밑천과 도움이 될 거라고 확신했다. 시작은 불평등했어도, 가난한 자가 선물 받은 가난에 대한 원망과 삶의 오기로 순간순간의 고생을 버텨내면 저마다 사람들의 삶이 어느 지점에서 자연스레 균형을 맞출 거라는 막연한 희망을 품었던 것이다.

그런데 언제부터였을까. 인생을 몇 껍질 벗겨가며 아무리 해도 내 뜻대로 안 된다고 지쳐갈 때쯤이었던 것 같다. 어릴 적 생각했던 언젠가는 잘될 거라는 그 막연한 희망처럼, 그런 식의 마치 저 위의 누군가가 인간들을 지켜보면서 인간들의 삶을 관장하고 있는 듯, 인간 개개인의 고통과 고생, 처음부터 주어진 불평등에 대한 보상을 언젠가는 받게 될 거라는 기대가 어느 순간부터 정말 터무니없게 느껴졌다.

한마디로 내가 했던 고생은 그때의 고생일 뿐 그 이상도, 그 이하도 아니라고 느꼈다. 과거의 고생이 현재의 인내심을 더 단단하고 튼튼하게 만들어 주는 것은 아니며, 인내라는 것은 누구에게나 매 순간 자신의 현실에서 쥐어짜 내야 하는 그런 것이다. 과거에 미칠 듯 고생해서 금메달을 거머쥔 메달리스트라고 하여 다음 올림픽에서 금메달까지 참아야 할 인내의 고통이 다른 경쟁자들보다 수월하다거나 그런 법이 아니듯 말이다.

생각건대 오히려 과거에 치열한 삶을 살았던 사람일수록, 과거라는 거울 앞에서 예전만큼 타오르지 않는 자신의 무력한 모습에 좌절할 때도 잦고

감내해야 할 것들이 더 많게 느껴진다. 어쩌면 당연한 말이겠지만 그냥 엊그제 술 한잔하다가 들었던 생각이다. 지난날 그 순간에는 그렇게 온갖 아르바이트를 전전하고, 젊을 때 고생은 사서도 한다니깐, 그럴까 하고 들어간 해병대를 제대하고 나오면 앞으로 그 어떤 고생도 아무것도 아닐 것 같았다.

정리하면 그 어떤 고생은 이겨낼 수 있겠지만, 아무것도 아닌 것은 아니라는 말이다. 자신의 삶을 인내하는 것은 누구에게나 매 순간 감당해야 하는 것이며 힘겹고 벅찬 일이다.

10년 만의 전화

얼마 전 서울에 사는 한 친구 녀석에게서 연락이 왔다. 중고등학교 시절 꽤 친한 친구였는데 그 친구가 내게 전화를 한 건 서로 고향을 떠나 서울에서 지내는 10년 동안 처음 있는 일이었다.

그 친구와 나는 같은 학원에서 미술 입시를 함께 준비한 사이였다. 스무 살이 되어서는 둘 다 대학 때문에 고향 마산을 떠나 나는 안성으로, 그 친구는 서울로 올라왔다. 그 후 친구도, 그리고 나도 대학을 가서 새로운 친구를 사귀며 새로운 생활에 적응해갔다. 대학에 입학하고부터는 연락이 점점 뜸해졌고, 나는 가끔씩 업데이트되는 미니홈피를 들락거리며 친구의 안부와 근황을 지켜봤다. 그런데 그 무렵 나는 대학생활 사진과 글과 방명록을 통해 즐겁게 잘 지내는 친구의 모습을 보면 볼수록 어쩐지 친구와 점점 멀어질 것만 같은 기분이 들었다. 친구가 잘 지내는 걸 보면서 왜 그런 기분이 스쳤을까. 남이 잘되는 것을 보면서 인간이 덜된 자가 느끼는 질시의 감정이었을까, 아니면 새로운 환경에서 잘 지내는 친구가 이제는 더 이상 나를 거들떠보지 않을지도 모른다는 한심한 두려움이었을까. 어쨌든 나는 그 당시 친구를 보며 희미하게 그런 불안함이 있었던 것 같다. 한때 절실했고 친했다고 하지만 더는 갖고 놀 일 없어 박스 어디쯤 처박아둔 장난감처럼 우리 사이도 둘 중에 누구 한 명이라도 소홀해지는 사이에 그럴 것 같았다. 언젠가 우정도 과거 속으로 볼품없이 내버려지는 날이 올지도 모른다는 그런 생각이 들었던 것이다.

아마 대학을 입학하고 나서부터 그 친구에게서 먼저 연락 한번 없었던 것도 당시 그런 불안한 예감을 키웠을지도 모른다. 어쩌면 그런 불안함 때문에 매번 내가 먼저 전화를 걸었던 것 같기도 하다. 또 한편으론 그런 불쾌한 서운함 때문에 전화를 걸어 "야, 이 XX놈아, 니는 서울에 올라온 이후로는 전화 한번 없노"라며 쌍욕을 섞은 농담을 하면서 나도 모르게 잔뜩 날이 선 서운한 감정을 실어 보냈다.

그러던 친구에게서 얼마 전 10년 만에 처음으로 전화가 왔었다. 나는 전화를 받고 '네가 어쩐 일로 전화를 다하노?'라고 물어보려 했는데, 건너편에서 한참 들뜬 목소리가 내 말을 앞질러 며칠 뒤 결혼한다는 소식을 알렸다. 나는 그 말을 듣자 허무하고 맥이 탁 풀렸다. 순간 잠시 할 말을 찾지 못하다가, 미안하지만 우리가 고향을 떠나 서울에서 지내는 동안 네가 먼저 연락을 한 게 오늘이 처음이라는 사실을 아느냐는 걸, 그리고 하필이면 그게 결혼 소식 전할 때냐는 걸, 그리고 지난 10년 동안 먼저 연락 한 번 없던 새끼가 결혼식장 채울 하객들 한 명, 한 명 떠올려볼 즘에야 전화하게 됐냐는 걸 물어보고 싶은 마음을 끝내 삼키고 그냥 축하한다는 말을 뱉고 전화를 끊었다.

전화를 끊고 얼마간 고민을 하다가 결국 식장을 찾지 않았다. 또 며칠 뒤 친구한테 뒤늦은 미안한 감정도 들었지만, 정말이지 축하해주고 싶은 기분도, 결혼식장을 찾을 기분도 아니었다. 그냥 대충 얼굴을 비추고, 식장에 웃음을 채워주고, 축의금 몇만 원 적당히 챙겨주면 피곤하게 생각할 필요가 없을지도 모른다. 사람 사는 게 원래 그렇고, 애초에 인간관계라는 게 다 그런 것이라면 말이다. 아무튼, 그런 게 인간관계고 사회생활이라 한다면 어쨌건 나는 그쪽으로 영 글러먹은 사람인 게 분명하다. 결혼할 때가 되어서야 밥풀 한 톨, 한 톨 긁어먹듯이 주위 사람을 불러 모으는 그런 게 도대체 무슨 의미이며, 진심으로 축하해줄 마음이 없는 사람이 식장을 찾는 것이 무슨 의미인지, 오랜 시간 연락 없이 소원하게 방치했던 사람을 결혼 때가 되어서야 찾는 게 무슨 의미냐고 보는 것이다. 인간관계에서 의미를 찾는 일만큼 무의미한 일도 없을지 모르겠다. 그래도 도저히 내키지 않는 일은 그냥 안 하는 게 낫다고 생각하는 편이다.

나를 보며 따분하고 피곤한 사람이라고 혀를 찰지 모르겠다. 그저 나는 최대한 단순하게 살고 싶은 바람이다. 진심으로 기뻐서 축하해주고 싶은 사람의 결혼식장을 찾고 싶고, 진심으로 슬퍼서 위로해주고 싶은 사람의 장례식장을 찾고 싶은, 단지 그거다. 슬프지도 않은데 거래처 사람 챙기듯 장례식장에 부조하러 가는 일 따윈 어지간해서 하고 싶지 않다. 마찬가지로 별로 기쁘지도 않고, 가깝지도 않은 사람의 결혼식장까지 가서 축의금을 내고, 다음에 자신의 결혼식 때 꼭 불러 축의금 돌려받을 계산이나 하는 건 아무래도 그저 피곤한 삶이라고밖에 여겨지지 않는다. 그런 거짓부렁의 축하와 위로 따위나 하며 복잡하게 살고 싶지 않을 뿐이다.

생각도 못 했다

페이스북 '알 수도 있는 사람'에 나타난 얼굴을 보고 깜짝 놀랐다. 기억의 저편에서 지웠던 사람이 이토록 간단히 내 손바닥 위에서 얼굴을 들이밀 줄은 정말 생각도 못 했다.

결혼에 관하여

요즘 들어 고향에 내려갈 때마다 점점 더 마음이 무거워진다. 이유는 다름 아닌 집안에 하나뿐인 아들인 나의 결혼 문제 때문이다. 스무 살 때부터 부모님과 떨어져 지냈는데 어머니는 항상 전화기 너머로 아들을 걱정하셨다. 그럴 때마다 나는 내 일은 내가 알아서 잘할 테니 걱정하지 말라고 늘 다그쳤었다. 그런데 그렇게 자신만만하게 소리쳤던 내가 어느 순간 정신을 차려보니 늙은 노부부의 가장 큰 골칫거리가 되어있었다.

어느 날인가 고향 집에서 부모님과 함께 삼겹살을 구워 먹던 중이었다. 아버지와 권커니 잣거니 술잔을 나누는데 어디선가 결혼이라는 단어가 툭 튀어나왔다. 아버지의 입에서였을까. 어머니의 입에서였을까. 순간 기름진 삼겹살이 목구멍으로 텁텁하게 넘어갔다. 누가 시동을 걸었는지 모르겠지만, 정작 주인공인 내가 모른 척 끼어들지 않으니 아버지와 어머니 두 분이서 내 눈치를 보는 듯 조심스럽게 대화를 주고받았다. 그러던 중 답답했는지 아버지의 입에서 내지르듯 한마디가 튀어나왔다. "뭐 별 수 있긋나. 나중에 이도 저도 안 되면 베트남 며느리라도 봐야지." 그 순간 텁텁하게 씹히던 삼겹살이 목 안에서 콱 걸렸다. 아니, 도대체 어디서 베트남이 튀어나왔을까. 아버지 옆자리에 놓여있던 신문 어딘가에 베트남이라는 단어가 적혀 있었을까. 아니면 아버지가 보시고 있던 내 등 뒤의 TV 화면에 베트남 여성이라도 나온 것이었을까. 대화에 끼어들지만 않았을 뿐 사실 다 듣고 있었는데, 뜬금없는 베트남 며느리의 등장이라니. 마치 무방비 상태에서 명치를 세게 얻어맞은 것처럼 멍했다. 분명 아버지가 우스갯소리로 한 농담인 것은 알겠다. 하지만 70의 나이에 아직도 손주는커녕 며느리도 보지 못한 아버지의 근심과 욕망이 저 멀리 베트남까지 날아가 배회한 모습에 나 역시 씁쓸함과 미안한 감정이 들지 않을 수 없었다.

그 순간 테이블 위로 무겁게 축 가라앉은 아버지의 농담 위에서 우리 가족은 초라하게 웃었다. 이전에 아버지가 흘러가는 소리로라도 베트남 여성을 보면서 참하다는 둥, 며느릿감으로 베트남 아가씨도 좋겠다는 둥 한 번이라도 그런 말이 있었다면 그렇게 충격적이지는 않았을 텐데. 그런데 그날 아버지의 입에서 생뚱맞게 튀어나온 베트남 며느리가 주는 느낌은 뭐라고 표현을 해야 좋을까. 자식 된 도리로서 부모에게 갚아야 할 채무가 결혼이라면, 부모가 된 입장에서 내 아들이 도저히 개인회생이 불가능하다고 판단하여 내리는 법적 절차와 같았다고 해야 하나, 아무튼 뭐 그런 강력한 경고장처럼 느껴졌었다.

그러고 보니 나는 이때까지 아버지가 겁나서 결혼에 관해 나의 본심을 속 시원히 털어놓아 본 적이 없다. 하지만 죄송하게도 속마음은 어쩌면 결혼을 못 할 수도 있겠다는 걸 늘 생각하고 있다. 아버지 저, 사실은 남자를 좋아해요……라는 등 뭐 이런 엄청난 이유가 있어서는 아니다. 그저 살면서 어쩌다 운이 따르지 않으면 짝을 못 만날 수도 있지 않겠냐는 것이다. 단순히 확률적인 이야기다. 확률적인 차원에서 짚어봤을 때 짝을 만나지 못하는 게 그렇게 이상한 일인가? 하는 정도의 생각이랄까. 지구상에 인구가 60억이나 되고, 나도 이 세상 어딘가에 내 짝이 있을 거라고 본다. 그런데 이런 미로 같은 어지러운 세상에서 운이 따라주지 않는다면 제 짝을 만나지 못할 수도 있지 않겠냐는 것이 나의 생각이다. 그리하여 어딘가에 있을 내 짝도 나를 만나지 못해 분명 슬퍼하고 있을 거라고. 나 역시 그 어딘가에 있을 내 짝을 향해 아쉽게도 이번 생에 만나지 못한다면 다음 생에는 우리 꼭 만나요 하는, 그런 마음이다.

언젠가 부모님께서 고작 서른 중반을 넘긴 노총각을 보며 한심한 듯 '쯧쯧' 혀를 차는 모습을 본 적이 있는데, 너무 가혹하다 싶었다. 당신의 자식이 그러면 어쩌려고 저러시나 하는 걱정도 걱정이지만, '아니, 짝을 못 만날 수도 있지' 하는 내 생각이 부모님의 강경한 논리 속 어디에도 비집고 들어갈 틈이 없어 보였다. 그래도 내 나름의 생각은 확고하다. 짝을 만나고, 그러지 못하고는 노력보다는 운의 문제라는 것. 짝을 만나기 위한 노력으로 백 번의 선을 본다고 하여도, 운이 없어서 자신의 짝을 만나지 못한다 한들 어쩔 수 없다. 그리고 자신의 짝이라는 강력한 마음의 신호도 없는데, 백 번 봤던 맞선 중에 **'그나마'** 괜찮았던 사람을 **'적당히'** 만나다 결혼하는, 그런 **'한심한'** 짓거리가 어딨겠냐고, 그렇게 생각하는 것이다.

다행이다

길을 걷다 보면 마치 피리 부는 소년처럼 환상적인 뒷모습으로 뭇 남성들의 시선을 노예 부리듯 끌고 다니는 아름다운 여성들을 만난다. 나도 가끔 내가 걷고 있는 걸음 앞쪽에서 그런 아름다운 여인이 걸어가면, 절대 내가 좇아가는 게 아니라 창피하게도 끌려다니곤 했던 적이 몇 번인가 있다. 그런 순간이면 — 그나마 다행이라고 해야 할지 — 사나이로 태어나서 이렇게 형편없이 여자 꽁무니에나 질질 끌려다녀서야 되겠는가 하는 자조와 반성이 들 때도 있다. 가끔이지만 그런 반성이 들면 용기 내 당당하게 여자를 앞질러가 슬쩍 고개를 돌려 여자의 얼굴을 바라보기도 한다. 운이 좋다면 앞의 여자가 우연히 뒤를 돌아봐 주는 경우도 있다. 그런데 어찌 된 일인지 내 경우에는 그럴 때마다 뒷모습과 크게 대조되는 경우가 대부분이었다. 물론 아닌 경우도 있었지만, 열 번 중에 아홉 번은 그랬던 것 같다. 그런데 내 생각에 그러한 경우 보통의 남자가 느껴야 할 심리의 전개대로라면 아마 '실망'이 아닐까 하는데, 나의 경우는 이상하게도 '안도'이다. 딱 보고 '아, 다행이다' 하고서 안도의 한숨을 내쉬는 거다. 뒤를 따라가며 고조되던 흥분과 설렘이 한낱 모래성처럼 무너지는 느낌도 없진 않지만, 그래도 '다행이군' 하고 뭔가 마음이 놓인다. 도대체 뭐가 다행인가요? 하고 묻는다면 뭐랄까, 정확하게 표현할 수는 없지만 그래도 아직은 세상이 따뜻하게 질서를 이루고 있는 느낌이라고, 그렇게 둘러댈 수 있지 않을까. 조금 다른 측면으로 설명을 보강하자면, 예컨대 그렇게 조우한 여자가 열

번 중에 아홉 번이 전지현처럼 눈부신 미녀라고 해보자. 잠깐의 눈이 호강하는 행복은 있겠지만, 그것도 그것 나름대로 사람을 상당히 힘들게 할 것이 분명하다. 만약 그렇게 드라마에서나 나올법한, 나하고는 요원한 비현실적 미인들이 현실 거리 곳곳에 넘쳐난다면 그것만큼 사람을 위축시키는 일도 없을 것이다. 삐딱한 생각인지는 모르겠으나, 세상의 아름다움이 좋다지만, 나와는 멀리 떨어진 아름다움이 세상에 이렇게 많다는 사실은 가능한 한 모르고 사는 게 좋지 않나 한다.

콸콸콸
졸졸졸

1. 어릴 적에 다음 쪽의 사진과 같은 전단지를 처음 봤을 때는 이게 뭔가 하고 호기심에 읽었다. 지금도 역내 화장실에서 소변을 보다가 시선 아래로 어떤 이가 뿌리고 간 전단지와 마주치면 한번 본다. 이제 호기심이라고 하기에는 알 거 다 아는데도, 이상하게 읽어보게 된다. 이제는 좀 다른 종류의 호기심 및 관심인 것 같다.

'음, 정말 세질까?'

2. 스무 살 적에 소변을 볼 때는 그랬다. 마치 변기를 깨부술 기세로 레이저 물 쇼가 한바탕 끝나고 나면, 꼭 아랫집 아줌마가 올라와서 내 집 현관문을 두드렸다. 그리고 말했다. "지금 윗집에서 물이 새고 있는 것 같아서요"라는 것이다. 물론 이건 거짓말이다.

3. 어쨌거나, 나도 스무 살 적에는 조절이 안 되는 수도꼭지처럼 '콸콸콸' 했던 기억이다. 그런데 지

금은 흐름이 왕년 같지가 않다. 옆 소변기에서 괜히 몇 발짝 떨어진 채 무지개처럼 눈부신 포물선을 그리는 아저씨를 보면 부럽기도 하다. 세월의 '흐름'이 '주름'으로만 새겨지는 게 아니다. 이제 신체 곳곳에서 서글픈 흔적들이 흰머리처럼 자라난다. 30대에 들어선 지금 괜히 기분 탓인지……. 뭔가 오줌도 '졸졸졸'거리는 것 같고, 그와 함께 내 청춘도 점점 '졸졸졸' 하고 사그라지고, 움츠러드는 듯한 그런 서글픈 기분이다.

참 안타까운 일이 아닐 수 없다

대학로를 걷던 중이었다. 스쳐 지나가는 눈으로 '발 기 부 전'이라는 연극 포스터를 보고서 무슨 제목이 저런가 하고 다시 쳐다봤더니 윗줄에 '별주부전'이라고 적혀있던 걸 잘못 본 것이었다. 세상에 '별주부전'을 '발기부전'으로 읽을 수 있다는 것을 나를 통해 확인한 순간이었다. 살면서 헛것으로 귀신 한번 본 적 없으면서 내 눈이 보는 헛것이라는 게 고작 그러함에 스스로가 참 민망해지기만 했다. 평소에 자신의 무의식이라는 상자에 뭐가 들었는지 모르고 살다가 이런 순간에 뭐가 들어 있는지 꺼내어 확인하곤 한다. 참 안타까운 일이 아닐 수 없다.

총각. 목 막히니 이거랑 같이 먹어. 괜찮아.
총각만 한 아들이 있어.
아.. 저는 어.. 고맙습니다.

3부 짓궂은 수수께끼

어쩐지 그 새끼는 모를 것 같았다

극장에서 가장 뒷자리를 선호하다 보니 앞 열에서 핸드폰으로 쏘는 불빛의 공격에 자주 표적이 되곤 한다. 그럴 때마다 싸우기는 싫고, 조용히 다가가서 '죄송한데요, 핸드폰 불빛 때문에 뒤쪽에서 영화 보는 데 너무 방해돼요. 부탁 좀 드릴게요' 하고 진심으로 사정하고 싶어진다.

며칠 전 개봉한 〈명량〉만큼은 온전히 스크린에 집중하고 싶었다. 그래서 관람객이 천만을 돌파한 뒤의 한적한 조조영화를 관람할 수 있을 때까지 기다리려 했는데 그만 참지 못하고, 아침 일찍 졸린 눈을 비비며 극장으로 향하고 말았다. 그런데 어찌된 게 평일 조조였는데, 예상과 달리 상영관은 만원이었다. 그리고 바람과는 어긋나게 이렇게 사람이 많으니 핸드폰 중독자 한두 명쯤 불빛을 켜대리라는 것도 어느 정도 예상한 채 영화 시작을 기다렸다. 아니나 다를까, 30도 각도 G열 정도쯤으로 보이는 위치에서 한 새끼가 상영 내내 핸드폰을 만지며 미친놈마냥 불빛을 간헐적으로 깜박였다. 크기로 보면 몇천 배나 클 것 같은 스크린 불빛보다, 그 쥐 좆만 한 불빛에 내 시선을 모조리 뺏겨버리는 사실을 믿을 수가 없었다. 불빛이 날아오는 각도에서 벗어나 보려 의자에 몸을 살짝 파묻어보고, 손차양을 만들어보고 했지만, 소용이 없었다. 이순신 장군님께서 나라를 구하시는 모습에 폭포수처럼 눈물을 쏟고 있는 중에도 앞 열의 핸드폰 불빛은 벌레처럼 눈알을 계속해서 파고들며 괴롭혔다.

이처럼 극장에서 핸드폰 불빛 공격을 당하는 날

이면 정말이지 짜증과 분노가 치밀어 오른다. 아, 어떻게 저럴 수가 있지. 뒷사람들한테 분명 피해가 갈 것을 알 텐데. 그런데 이런 생각을 하다 보면 한편으로 내가 너무 예민한 건 아닐까라는 생각도 든다. 그래, 내가 너무 예민한 건 아닐까. 나는 정말로 극장 안에서 저런 진상 한 명쯤 절대 용납 안 되는, 그런 청정 상태가 아니면 영화를 볼 수 없다는 말인가.

그러던 중 얼마 전 재즈에 정통한 지인분이 들려준 이야기가 문득 기억났다. 미국 재즈와 일본 재즈의 특징을 비교했던 이야기였는데 갑자기 그게 머릿속을 스친 거다. 그분 말씀에 따르면 재즈의 미학은 즉흥성에 있는데 일본 재즈는 너무 깨끗하다는 이야기였다. 대표적으로 존 콜트래인이나 선라의 재즈이다. 미국 재즈에선 삑사리가 난무하고 추함이 보여주는 아름다움도 그려져 있는데 일본 재즈는 마치 살균 처리 한 것처럼 정갈하고 조금의 때도 허용치 않는 불편함에 대한 이야기였다.

그것처럼 좀 더 넓은 관점에서 보면 이렇게 생각해볼 수 있지 않을까. 저렇게 영화 상영 중에 핸드폰 불빛을 켜대는 뭔가 삑사리처럼 느껴지는 인간들이라 할지라도, 그것은 그 나름대로 사람 사는 세상에서 추함이 보여주는 아름다움은 아닐까 하고 말이다. 인간의 삶을 하나의 음악으로 본다면 저런 삑사리 또한 빼놓을 수 없는 중요한 리듬은 아닐까. 모든 영화, 음악, 문학의 시발점은 저런 삑사리에서부터 시작하는 게 아닐까.

만약 모든 사람이 사회에서 정한 법률을 철저하게 지키고, 거리에선 걸어 다니며 흡연하는 사람을 절대 볼 수 없다고 해보자. 그런 무균 상태의, 청정 상태의 인간 사회를 상상해본다면, 그것 역시 공상 과학 영화에서 나올법한 괴기스러운 느낌은 아닐까 한다.

'그래도 그건 재즈에서나 그런 거고요!' 하고 토를 다는 사람도 있을지 모르겠다. 사실 나도 이렇게 말하긴 했어도 극장에서 또 핸드폰을 켜대는 사람을 만나면 짜증이 미치게 일 것이다. 내 앞에서 담배를 피워 물고 걸어가는 사람을 만나면 뒤에서 시속 3백 킬로미터로 달려들어 뒤통수를 내려꽂아 버리고 싶은 마음 여전할 것이다. 어쩔 수 없이 나도 그런 삑사리 같은 인간에 지나지 않기 때문에.

영화 말미에 왜적을 물리친 조선 수군들이 피로한 몸을 늘어뜨린 채 승리의 기쁨을 나누며 농을 지껄이는 장면이 나온다.

"우리가 이렇게 목숨 걸고 나라를 구한 걸 후손들이 알기나 할까?"

"모르면 호로새끼들이지!"

어쩐지 상영 내내 핸드폰을 만져댔던 그 새끼는 모를 것 같았다.

감히 함부로 여자들을 안다고 해서는 안 될 것이다

예전에 대학생 시절, 후배들과 무르익은 술자리에서 야한 농담을 한 적이 있었다. 그런데 한 여자 후배가 농담인 건 알겠지만 내가 했던 말에서 한 가지만 짚고 넘어가자는 것이었다. 앞으로는 어디서라도 부라자를 브래지어라고 꼭 고쳐 말했으면 좋겠다고 했다. 단순히 잘못된 일본식 외래어를 지적한 것은 아닌 것 같았다. 대체 부라자와 브래지어에 무슨 차이가 있는지 궁금했지만, 물어보지는 않았다. 그저 부라자와 브래지어 사이에 망망대해

와 같은 드넓은 여자들만의 세계가 있을 거라고 생각하고 말았다. 음, 아니면 누군가 내 고향 마산을 부를 때 창원이라고 지칭하는 실수를 범하면, 내가 반드시 마산이라고 알려주는 것과 비슷한 그런 개념이 아닐까 하고 생각했다. 그렇게 생각하니 조금은 이해할 수 있을 것 같았다. 그런 것처럼 본인에게는 별거 아닌 것 같지만, 대충 마구잡이로 섞어버려서는 곤란한 타인만의 세계와 질서가 있는듯하다. 세상은 넓고 복잡하니까.

마침 엊그제 읽었던 박완서의 산문집 어느 구절에 이런 글이 있었다. 아무리 제 잘났다고 자신만만한 남자라 하더라도 감히 함부로 여자들을 안다고 해서는 안 될 것이라고. 정말로 공감하는 바이다. 고작 부라자와 브래지어 차이도 구별 못 하는 주제에 말이다.

어째야 하나

아메노히커피점에서 용호 형의 공연이 끝나고 난 직후 뒤풀이 자리였다. 양꼬치를 먹으러 간 자리에는 나, 용호 형, 태춘이 형, 봉우리 누나, 그리고 용호 형 공연에 게스트 무대로 서주신 씨 없는 수박 대중이 형, 그리고 대중이 형 여자친구분 이렇게 여섯 명이 있었다. 그날 마침 평소 내가 좋아하는 〈어째야 하나〉 곡을 대중이 형이 불러주어 계속 그 가사가 술자리에서도 머릿속에 맴돌았다. 그러다 문득 술을 먹던 도중 형님들한테도 물어보았다.

"형님들 〈어째야 하나〉 가사처럼 여자친구를 만나서 사귄 지 석 달이 된 시점에, 여자친구의 임신 4개월 소식을 듣게 된다면 어떻게 하실 것 같아요?" 그 후 술자리는 그 주제로 갑론을박이 오갔다. 태춘이 형과 나는 아무래도 헤어져야 한다는 의견을 고수했는데, 그때 대중이 형이 그러는 거였다. "가사를 잘 들어봐, 앞에 전제가 붙잖아. 우리 이제 정들었다고." 가사는 이렇다.

우리 이제 서로 정들었는데~
나는 널 만난 지 석 달이 됐고,
너는 임신한 지 4개월짼데~
그땐 어째야 하나~ 어째야 하나~

대중이 형의 그 말에 갑자기 헤어져야겠다는 말을 쉽게 할 수 없을 것 같았다. 우리 이제 정들었는데, 우리 만난 지 석 달이 됐고, 네가 임신한 지 4개월째라면 그땐 어떻게 될까.

그땐 어째야 하나.

어째야 하나.

인연

인터넷에서 우연히 읽게 된 어느 미술 작가의 인터뷰에 이런 내용이 있었다. 작가 자신은 평소 메모를 하지 않는다고 했다. 인터뷰어의 질문이 뭐였었는지 정확히 기억나지 않지만 아마도 작가에게 평소 아이디어와 영감은 어디서 얻나? 이런 내용을 물어봤던 것 같다. 인터뷰에서 작가는 자신은 평소 메모를 하지 않는 이유를, 메모해서 붙잡아둘 수 있는 것이라면 그것은 진정으로 자신의 것이 아니라는 요지로 말했다. 우선 머릿속으로만 기억하고, 작업을 진행할 때 기억이 안 나는 것은 그건 어차피 자기 것이 아니라는 얘기다. 이 부분을 읽으면서 '아니, 이렇게 쿨한 작가를 봤나?' 하며 살짝 감탄했던 기억이 난다.

나 같은 경우는 반대로, 머릿속에 스쳐 지나가는 아이디어와 영감을 놓칠세라 모조리 잡아 핸드폰 메모장에 가둬둔다. 가령 던킨도너츠에서 주문을 하려 줄을 서던 중 바로 옆에 아가씨가 시원스레 코를 후비적거리는 걸 보고서 기분이 묘했다고 하자. 그러면 그 순간에 떠오른 찰나의 감상이 다시 꺼지기 전에 재빨리 핸드폰 메모장을 띄운다. '코를 파던 스튜어디스처럼 예쁜 아가씨. 계속 내가 쳐다봐서 그런가. 마치 뭔가 불쾌한 듯, 나를 쫓아내려는 보디랭귀지 같다' 요 정도로 간단히 적어두는 식이다. 이렇게 무언가 생각하고 적고 싶은 풍경이 있으면, 되도록 그때의 감상이 저 멀리 과거로 떠내려가기 전에 그날 저녁 책상에 앉아 차분히 글로 그려보려고 한다. 그런데 나도 글을 적고 싶은 날이 있고, 글이 적기 싫은 날이 있고, 글이 적히는 날이 있고, 글이 적히지 않는 날이 있기 때문에 우선은 핸드폰에다 메모 형식으로 간략히 적어둔다. 그리고 시간이 지난 뒤 어쩌다 핸드폰 메모장을 훑어보다가 '뭘 이렇게 잔뜩 적어놓은 거야' 라는 식으로 발견하게 된다. '아, 맞다. 그때 코 후비던 아가씨!' 그러면서 그날의 코를 파던 미인이 기억의 저편에서 걸어온다. 그리고 나는 메모를 보며, 그날의 기억을 힘껏 끌어올려 종이 위에 적어보는 것이다.

서두를 생각보다 길게 적어놓은 듯한데, 사실 이 글은 머릿속에 스쳐 지나가는 아이디어에 대한 대처법을 말하려는 것은 아니다. 그냥 그 순간 메모를 하지 않는다는 작가를 보며 떠오른 사람의 인연에 관한 짧은 감상 때문에 이렇게 글을 적어보는 중이다.

이처럼 영감과 아이디어 같은 경우는 놓치는 게

아까워 비록 메모장에 의지하는 모습이지만, 여자에 관해서 만큼은 서두에서 말한 작가처럼 나도 그런 쿨한 남자가 아닌가 해서이다. 앞서 얘기한 작가의 말처럼, 굳이 메모해서 붙잡아둘 수 있다면 그건 온전히 자신의 것이 아니라 했듯, 나 역시 내가 이 생에 태어나서 내게 점지어진 인연은 굳이 어떤 별난 노력을 기울이지 않아도 언젠가 만나게 되어있다는 생각이다. 반대로 말하면 내가 아무리 노력하고, 구애를 했어도 나와 이루어지지 않는 인연 앞에서는 어쩔 수 없다는 이야기인 셈이다. 그래서인지 이제껏 사귀던 여자와 헤어지더라도 상처의 골이 그렇게 깊이 남았던 적은 없는듯하다. 물론 연애 초반에는 그렇지가 않았다. 나도 지난날 연애 초반에는 눈물, 콧물로 얼굴을 적시며 이별을 막아보려 발악을 했었다. 또는 모양새 안 나게 장기판에서 한 수 무르듯 이미 엎질러진 이별을 물러보기 위해 헤어진 여자친구에게 전화를 걸어 억지를 부린 적도 있다.

하지만 어느 무렵부터인가 떠나가는 연인 뒤에서

훌쩍거리기보다는 그저 '어쩔 수 없지, 인연이 아니었던 거야'라는 한마디로 무거운 마음을 훌훌 털어버리게 되었다. 정말 어쩔 수 없었나 하면 또 그런 것만은 아닌 것 같을 때도 있다. 그래서 스스로가 비겁하고 괴로워지기도 하고, 그러한 괴로움에서 벗어나기 위한 방편으로 **우리가 정말 인연이었다면 헤어졌겠는가** 식의 개운치 않은 핑계를 댈 때도 있다. 어쨌든 내 손으로 결국 막지 못한 일 앞에서 내가 할 수 있는 최선이라는 게 그저 '어쩔 수 없지. 인연이 아니었던 거야' 식의 자위밖에 없었던 거다. 참 한심한 소리처럼 들리겠지만 말이다.

바닥에 산산조각으로 깨진 도자기를 보며 '조금만 조심했으면' 하고 계속 아쉬워해 봤자 돌이킬 수 없다. 이미 벌어졌고, 또 이미 벌어진 그 일이 내 능력 밖으로 벗어난 일이라면 조금 비겁하더라도, '어쩔 수 없지, 인연이 아니었던 거야' 식의 변명도 썩 나쁘다고만 할 순 없지 않을까. 물론 매사의 모든 마무리를 이런 식으로 매듭짓는다면, 마냥 바람직한 자세는 아니다. 하지만 이별의 상처 때문에 앞으로 여자는 절대 안 만나겠다고 징징거렸던 지난날 한심했던 내 행동과 비교하면 이것도 괜찮은 삶의 자세 중 하나라고 생각한다. 내 경험상 '어쩔 수 없지'나 '그럴 수도 있지' 이와 같은 말들은 꼭 이별한 경우가 아니더라도, 힘들 때 자신에게 말해주면 은근히 정신 건강에 좋다. 체했을 때 소화제 사 먹는 느낌으로 부담 없이 한번 해보길 권한다. 물론 뭐든지 과용은 금물이지만.

하이힐

“오빠는 여자 보는 눈이 높아요”라고 몇 번인가 내게 말했던 여자 후배가 있다. 조언인지, 핀잔인지, 훈계인지 아무튼 뭐 정신 차리라고 해준 말이었을 것이다. 그런데 후배가 말한 대로 내가 정말로 그렇게 여자 보는 눈이 높나? 하고 의문이 들었다. 그 의문에는 평소 내가 여자를 보는 데 있어서 뭘 그렇게 잣대가 높았다고 그러나 싶은 억울함도 조금 섞여있었다. 그래서 후배에게 한번 물어봤었다. 왜 나한테 여자 보는 눈이 높다 그러는 것이냐고. 그랬더니 후배의 대답은 딱히 특별한 이유는 없었고, "에잇, 그동안 오빠가 사귄 여자들을 내가 다 아는데!"라고 말하는 것이다. 시답잖게 고작 그런 이유였다니. 그래서 지난날 내가 사귀었던 여자친구들을 한 명, 한 명 떠올려봤다. 분명 외모든 성격이든 내 눈에 이쁜 부분들이 있었으니까 사귄 게 당연하지만, 내가 후배에게 눈이 높다는 소릴 들을 만큼 지난날 사귄 여자친구들이 객관적으로 누가 봐도 미인인가 하면 글쎄…… 그런가 하고 곰곰이 생각하게 된다. 지난날 내가 사귀었던 여자들을 좋게 봐주면 나에게나, 그 여자들에게나 기분 좋은 일이긴 하지만, 어쨌든 나 스스로도 감히 제 분수도 모르고 눈만 높은 사람은 별로 되고 싶지 않다.

그래서 한번은 내가 여자를 보는 데 있어서 혹시 고집스레 따지는 것들이 있나 하고 생각해본 적이 있다. 그런데 내게도 굳이 따진다기보다는 도통 끌리지 않는 그런 여성들이 있긴 하다. 말하자면 나는 하이힐을 유난히 사랑하는 여자에게는 도무지

끌리지가 않는다. 특히나 아슬할 정도의 킬힐을 신은 여자 앞에서는 거의 본능적으로 몸과 마음이 한 패키지가 되어 슬금슬금 뒤로 물러나고 만다. 이런 점을 가지고 눈이 높다고 한다면 어쩔 수 없겠지만, 어쨌든 그렇다.

하이힐을 신은 여자에게 끌리지 않는 이유를 묻는다면 아마 곤란해하며 말문이 막힐 것 같다. 사실 정확히 설명을 못 하겠다. 그런 패션 스타일을 깎아내리거나 무시하려는 것은 아닌데, 어째서인지 마음이 다가가지 않는다. 이유를 설명할 수 없이 여자에게 마음을 푹 빼앗기는 현상처럼, 나도 하이힐을 신은 여자 앞에서는 이유 없이 상대방으로부터 마음이 슬금슬금 뒤로 물러선다.

그 이유에 대해서 누군가 싸가지 없이 '그건 당신이 키가 작아서 그래요'라고 말해준다면…… 맞는 말이다. 내 키가 180센티미터 정도만 되었다면 아마 이런 글을 적었을까. 174센티미터의 결코 장신이라고 할 수 없는 나만 해도 내 옆에서 하이힐을 신고 우뚝 솟은 여성을 올려다보며 참담한 심정이었던 적이 여러 차례 있었다. 아마 그럴 때마다 어딘가 긁힌 마음의 기스가 이처럼 삐뚤어진 흉터 같은 취향을 남겼는지도 모른다.

그렇다고 해서 내가 하이힐 자체를 아주 싫어하거나, 하이힐을 신은 여자의 아름다움을 볼만한 안목이 없다거나 그런 것은 아니다. 가끔씩 패션 블로그 사토리얼리스트Sartorialist를 훑어보다가 하이힐과 함께 멋진 스타일링을 한 여자를 보며 감탄할 때도 있다. 또는 길을 걷다가 우연히 맞은편에서 다리가 학처럼 쭉 뻗은 늘씬한 미녀가 하이힐을 신고 또각또각 걸어오는 도도한 모습을 보면, 그 우아한 자태에 나도 몰래 목에서 침이 한 움큼 꼴깍 넘어가기도 한다.

신발장에 하이힐 한 켤레 없을 여자가 어디 있겠냐고 나도 그렇게 생각한다. 하지만 유난히 하이힐을 좋아해 죽고 못 사는 여자한테는 어쩐지 별로 마음이 다가가지 않는다. 억지라고 들릴지 모르겠지만, 왠지 하이힐을 보고 있으면 '우리는 서로 너무나 다른 사람들이에요'라든가, '우리는 결코 이루어질 수 없는 사랑이에요' 이렇게 나에게 말을 거는듯한 느낌이다. 또 역시 억지라고 들릴지 모르겠지만, 하이힐과 나는 어쩐지 태생부터 신분이 다르고, 환경이 다르고, 가야 할 길이 다른, 사주가 다르고, 팔자가 다른 왠지 그런 신발처럼 보인다. 모태신앙이 태어나면서부터 부여받은 어쩔 수 없는 종교인 것처럼, 저마다 사람에게는 태어날 때부터 부여받는 그런 운명적 취향 같은 게 있는 것이 아닐까. 그렇게 나는 하이힐을 볼 때마다 필연적으로 이루어질 수 없는 그러한 운명적 장벽이 가로막고 있는듯한 기분이 든다.

그런 사진이 좋다

최근에 문득 깨달은 건데, 핸드폰 사진첩에 내가 나온 사진이 거의 없다는 걸 알았다. 이유는 어느 순간부터 셀카를 전혀 찍고 있지 않기 때문이다. 20대에는 셀카에 거부감이 없어 그래도 꽤 찍었었는데…… 나도 모르게 딱히 계기도, 이유도 없이 이제는 셀카를 전혀 찍지 않는다. 뭐 얼마나 나이를 먹었다고 그러냐 할지 모르지만, 나이가 들어가면 '아, 그러고 보니' 식으로 깨닫게 되는 것들이 있다. '어, 그러고 보니' 어느 순간 발길이 완전히 끊긴 노래방처럼, '아, 그러고 보니' 요즘 셀카를 전혀 찍지 않고 있었다. 그런데 나는 기본적으로 사진 찍히는 걸 싫어하는 사람이 아니라서, 셀카를 다시 찍어보려 하는데 이상하게 손이 가질 않는다. 그러한 이유로 30대가 되어서는 갖고 있는 사진 중 내가 찍힌 게 얼마 없다.

나도 가능한 한 젊은 날 내 모습이 담긴 사진이 많았으면 좋겠다는 생각을 한다. 그냥 기록이나 추억으로서 말이다. 그래서 누가 사진을 찍어주면 싫어하지 않는다. 그런데 다른 사람에게 먼저 부탁을 못한다. 쑥스러워서 그런 게 아니다. 예컨대 "사진 한 번 찍어주세요" 부탁한 뒤 내 얼굴을 겨냥하는 카메라 앞에서 대기하는 순간은 뭐라고 해야 좋을지…… 뭔가 차원이 다른 개념의 노동처럼 느껴질 때가 많아 너무나 힘들다. 그중 카메라를 향해서 어떤 표정을 만들어야 할 때가 그렇다. 렌즈 앞에서 의식하고 만드는 표정은 마치 김이 빠진 맥주처럼 가장 중요한 자연스러움이 빠진 채 어딘가 밍

밍한 모습이다. 하물며 웃음이야 어떻겠나. 웃음이야말로 자연스러움이 가장 보기 좋은 법인데, 렌즈 앞에 서서 표정을 이리저리 조각하며 감정을 차려내는 것은 일종의 연기에 속하는 일이다. 평소 조그만 거짓말만 해도 들통나고 마는 나같이 연기에 재주 없는 사람한테는 어떤 면에서 노동처럼 느껴진다. 그리고 그런 식으로 찍힌 사진이 마음에 들었던 기억 역시 드물다.

될 수 있으면 사진을 많이 남기고 싶지만, 사진 찍어달라는 부탁 역시 좀처럼 못 하기도 하고, 또 방금 말한 대로 그런 사진에는 별 매력이 느껴지지 않는다. 그런데 간혹 렌즈가 셔터를 벌린 채 맹수처럼 날 노리고 있는 상황을 전혀 의식하지 못한 상황에서 누군가가 몰래 나를 찍어줄 때가 있다. 그런데 그럴 때의 사진은 상당히 마음에 들었던 적이 많다. 구체적으로 말하자면 사진 속에 내가 렌즈를 바라보고 있지 않고, 의식이 다른 쪽을 향하고 있을 때이다. 사진 안에서 비록 작지만 연출과 연기가 가미된 사진보다 전혀 의식하지 못한 상태에서 찍힌 그런 사진들이 대체로 마음에 든다.

의식하지 못한 상태에서 누군가가 몰래 찍어준 사진을 보면 뭐랄까, 마치 유체이탈처럼, 내가 신체를 벗어나서 나 자신을 은밀하게 들여다보고 있는듯한 묘한 쾌감이 들어 좋다. "야 뭐 하고 있노?"라든가, "무슨 생각하노?" 하고 괜히 이야기도 걸어보고 싶다. 시간이 지나서 봤을 때 단순히 내 얼굴이 기록된 사진이 아니라, 그 시절의 그 시간에 대해 나 자신에게 이야기를 붙여보고 싶은 그런 사진들이 좋다.

편의점 주인 어르신의 호의에 대해 생각해보다

나는 5년 전쯤 서울시 은평구 불광동 주민이 되었다. 예의 새로 이사 온 자로서의 싸가지와 도리가 박혀있다면 가장 먼저 이웃집을 차례차례 돌아보면서 얼굴을 비치고 인사와 떡 한 접시 나누는 것. 그게 한국 사회고 그게 정이란 걸 알고 있기는 한데, 어찌 된 게 나의 유구한 자취의 역사를 펼쳐봤을 때, 새로운 장소로 이사를 한 후에 가장 먼저 얼굴을 트는 사람은 대체로 집 근처 편의점 주인 및 직원이었던 듯하다. 내 개인적 싸가지와는 무관하게도 어쨌든 내 유구한 자취의 역사는 그렇게 말했다.

불광동에서 구한 집과 가까이 자리한 편의점은 세븐일레븐이었다. 오케이 캐시백 적립이 가능한 평소 자주 애용하는 CU 편의점이었다면 나도 오케이였겠지만, 아쉽게도 세븐일레븐은 롯데 포인트 가맹이었다. 골목길 모퉁이에 위치한 세븐일레븐은 금실 좋아 보이는 노부부 두 분이 함께 운영하시고 있었다. 친절하시기도 하고, 집하고 근접한 편의점이 거기 하나뿐인 터라, 자연스럽게 편의점 주인 어르신과도 금세 얼굴이 익게 되었다.

이사를 온 후, 처음부터 집에서 밥해 먹을 생각 따위가 없었던 탓에 이렇다 할 만한 가재도구들을 사지 않았다. 냉장고는 물론 전기밥솥에서부터 밥그릇, 숟가락, 젓가락 그리고 수세미 및 퐁퐁까지 조리와 관련한 가재는 전혀 구입하지 않았다. 이유는 형편에 맞춰 울며 겨자 먹기로 구하게 된 반지하 방에서 계약 기간 2년의 시간 아래 최대한 빨리 벗어나려는 생각 때문이었다. 2년이라는 시간 사이 예쁜 색시를 만나 신혼집을 얻어야 할지도 모를 일이었고, 만약 그럴 일이 없다면 당장 급하지 않은 가구들은 반지하를 벗어난 다음에 생각하려 했다. 마치 곧 여자친구로부터 떠날 계획을 짜두고 마음을 정리한 나쁜 남자처럼, 이사를 온 순간부터 그 낡은 집에서 떠날 날만을 기다리며 정을 붙이려 하지 않았다.

따라서 근 2년이라는 시간 동안 나는 끼니마다 거리로 나섰다. 먹잇감을 찾으러 다니는 굶주린 하이에나처럼 허기를 채울 식당을 찾아 헤맸다. 김밥천국도 자주 갔고, 할매순댓국도 자주 갔었다. 그래도 뭐니 뭐니 해도 그중에서 가장 애용했던 메뉴로 역시 편의점 도시락을 빼놓을 수가 없다. 나는 집 근처 세븐일레븐에서 파는 제육과 밥과 김치와 단무지가 각자의 방 안에 단란하게 담긴 제육볶음 도시락 세트를 자주 먹었다.

여느 날과 똑같이 편의점 한쪽에서 레인지에 데

운 제육볶음 도시락을 먹던 중이었다. 그런데 갑자기 편의점 주인 어르신께서 자신이 먹으려고 집에서 끓여 온 것으로 보이는 보리차 한 컵을 따라주시는 거다. 내 옆으로 슬쩍 다가와 도시락 옆에 보리차가 담긴 컵을 놓아두면서 목 막히지 않게 이거랑 천천히 먹으라고 하셨다. 오랜 시간 편의점을 전전했지만, 편의점에서 인간적으로다가 이런 인간적인 서비스를 받아보기는 처음이라 감격이 밀려왔다. '아, 나도 이제 그들에게 단골손님으로 인정받은 건가'라는 뭔가 모를 뿌듯함이 들었다. 그리고 보리차를 집어 마시려는 그 순간 무언가 머리를 재빠르게 스치며 손에 쥐고 있던 보리차에 담긴 호의가 미세하게 출렁거렸다. 글쎄 가만히 보니, 이 '보리차 한 잔의 호의' 뒤편의 기호가 그게 그런 것만이 아닌 것 같은 느낌이었다.

딱 봐도 서른께 먹은 총각이 일주일에 서너 번은 혼자 불쌍하게 편의점 구석에서 도시락을 까먹고 있으니 그들의 눈에 내가 어떤 모습으로 분석되고 편집되었을까. 그래서 혹시 이 보리차 한 잔의 의미가 그런 게 아닌가 하는 생각이 들었다.

그뿐만 아니라 그동안의 내 모습을 종합적으로 면면히 뜯어보니 나는 이 동네에 살면서, 여기 편의점에서만 몇 번의 이력서를 구입했었다. 그리고 그들은 내가 다정하게 여자 손을 잡고 편의점에 들어오는 모습 또한 본 적이 없었다. 또한 생수 한 통을 사더라도 1,550원짜리 제주 삼다수와 깊은 옹달샘 물 중 900원짜리 깊은 옹달샘 물만 샀다. 내가 불광동에 사는 동안 그들이 나에게서 수집한 '깊은 옹달샘'과 '이력서'와 '제육볶음 도시락'이라는 데이터를 종합한다면 변변한 직업도 없이, 결혼도 못 하고 혼자 살며 끼니를 도시락으로 자주 때우는 불쌍한 독거 노총각이라는 분석을 내놓기에 모자람이 없었을 테다.

그렇게 생각하자 편의점에 들어설 때마다, 주인 어르신께서 평소 친절히 대해주시던 모습이 단순한 손님 응대와는 달라 보였다. 왠지 연민이 녹아있는 눈동자 한구석에 어딘가 모를 애처롭게 쳐다보는 시선이 찐득하게 달라붙어 있었던 것이다. 그동안 눈치를 못 채며 지냈지만 '어서 와, 총각' 하며 반기던 인사 속에 '힘내게, 총각' 하며 희미한 위로의 냄새가 묻어있었다.

실제로 편의점이란 자신의 이름이 전하는 그대로 사람들의 편의를 위해 최선을 다한다. 그것도 24시간이나 뜬눈으로 말이다. 한밤중에 숨을 헐떡거리며 문을 박차고 땀에 젖은 수컷이 들이닥친다 하더라도 당황하지도, 그리고 그에게 눈치 없이 묻지도 않을 것이다. 손님이 민망하지 않도록 묻지도 따지지도 않고 그저 조용히 무채색의 눈길로, 골라온 콘돔 옆구리에 스캔을 들어 바코드를 찍을 것이다. 또 역시 뭔가 위험한 일을 앞둔 사람같이 창백하고 심각한 낯빛의 사람이 찾아와 커트 칼이나, 본드나 가스를 구입하려 하여도 묻지 않을 것이다. 묵묵히 손님의 편의를 위해 최선을 다할 뿐이다. 그야말로 편의점은 우리들의 가장 편한 친구라고 말할 수 있지 않을까. 다만 우리의 너무 편한 친구라서 우리도 모르게 우리를 너무 속속들이 보여줘왔던 게 아닌가 하는 생각으로 약간 거슬릴 때가 있을 뿐.

만약 동네에 성범죄 사건이 발생했을 시, 똑똑한 형사라면 수사 중 동네 탐문을 위해 가장 먼저 편의점을 찾아가볼 것이다. 그러면 편의점은 자신이 이 동네의 파수꾼인 양 그동안 채집해온 자료들을 풀어놓겠지. "아, 그냥 동네 사람 중에 여자도 없이, 혼자 사는 서른께로 보이는 젊은이 하나가 있는데, 직업도 없는 것 같고 말이야, 뭔가 볼 때마다 사람이 좀 께름칙하더라고." 이렇게 불광동에서 제육볶음 도시락으로 끼니를 자주 때우곤 하던 독거노총각이 형사 수첩의 용의자 선상에 오르는 일은, 절대 없었으면 하는 바람이다.

빙 군의 웃음

이야기는 바야흐로 예전에 내가 선술집 주방에서 설거지 아르바이트를 할 때의 일이다. 내가 일했던 가게는 사람들이 붐비는 홍대의 중심 거리에 위치하고 있었다. 장사도 웬만큼 되는 가게라, 주방의 요리사들은 늘 바빠 보였고, 나도 밀려드는 그릇을 감당하느라 꽤 정신이 없었다.

일이 힘들었던 탓인지 그곳에 1년 정도 있으면서 주방 직원이 바뀌는 걸 자주 봤었다. 나야 뭐 구석에서 그저 그릇만 잘 닦으면 그만이었던지라 그런

애로 사항이 큰 상관이 없었지만, 그곳에서 근무하는 직원들은 들어온 지 얼마 되지도 않아 그만두겠다는 사람들 탓에 골머리가 썩는 눈치였다.

어느 한 날 출근하니 주방에 못 보던 얼굴이 있었다. 최근에 또 직원 한 명이 그만두면서 생긴 빈 자리에 들어온 사람인 듯했다. 나이는 스무 살의 파릇파릇한 사회 새내기. 하지만 외모는 개그맨 이혁재를 빼다 박은 얼굴로 결코 파릇파릇하다 볼 수 없었고, 아직 사회에 찌든 내가 나지 않는 천진함이 보기 좋은 친구였다. 그리고 그의 친근한 생김새와 함께 포동포동한 덩치는 순한 초식동물을 연상시켰다. 그래서 사람을 쉽게 다가서게 만들었고, 그 역시 쉽게 다가오는, 그런 캐릭터였다. 사교성이 좋아 첫날이었음에도, 오랜 시간 호흡을 맞춘 동료처럼 다른 선배 직원과도 스스럼없이 부대끼며 아주 파이팅이 넘쳤다.

아, 말해주고 싶은 게 하나 있는데 지금 설명하는 인물의 성이 빙 씨이다. 오해하지 말길. 방금 욕

한 거 아니니. 그 새로 온 인물의 이름 중 성이 빙 씨라는 것이다. (여담이지만 혹시 살면서 빙 씨 성을 가진 사람을 본 적이 있습니까?) 어쨌든 그 인물이 지금까지도 인상 깊게 남아 있는 이유에는 빙 씨라는 독특한 성도 분명 한 몫 작용했을 거라 생각한다. 아무튼 빙 씨, 빙 씨 계속 그러면 욕 같으니, 이하 빙 군이라고 하자.

아쉽게도 빙 군 역시 채 한 달을 일하지 못하고 떠났던 걸로 기억한다. 하지만 그 한 달 사이 빙 군은 여러모로 내게 강렬한 인상을 심어주었다. 요컨대 나는 이제껏 그토록 웃음이 많은 사람을 본 적이 없었다. 빙 군은 항상 '빙글' 웃었다. 주방 일이란 것 자체가 본래 고되기도 하지만 손님이 몰아닥치는 시간에는 전시를 방불케 할 만큼 일사불란해야 하고 정신을 바짝 차려야 했다. 그러다 보면 선배들의 거친 욕설이 뒤통수를 거세게 내려치는 일은 다반사였다. 그럴 때는 잠시 주춤하기도 했지만 그렇다고 빙 군의 웃음은 결코 꺼지지 않았다. 정신없이 뛰어다니면서 빙글, 재료를 준비하면서 빙글, 선배에게 욕을 바가지로 먹고 난 후에도 빙글, 요리 봐도 빙글, 조리 봐도 빙글, 요리 보고 조리 봐도 빙 군은 앞으로 요리계와 조리계에서 머지않아 두각을 보일 재목임이 틀림없어 보였다.

나는 무엇보다 빙 군의 그 웃음을 신기하게 바라볼 때가 많았다. 그 끝을 알 수 없는 망망대해 같은 빙 군의 웃음 위로 이제 나에게는 없는 그런 건강함이, 지난날 내 곁에서 소멸해간 것들이 빙 군의 얼굴 위로 아스라이 떠다니는 것만 같았기 때문이다.

어느 날 한번, 나는 빙 군에게 물었다. "일하는 게 본인한테 잘 맞나 봐요? 항상 웃으면서 일하길래 물어보는 거예요" 그랬더니 빙 군에게서 전혀 생각지 못한 대답이 돌아왔다. 그는 웃음을 천천히 거두며 진지한 눈길로 "이렇게라도 웃지 않으면 정말이지 미쳐버릴 것 같아서 그러는 거죠"라고 대답하는 것이었다. 한 편의 소름 끼치는 반전 영화를 보는듯한 기분이었다고 할까. 시종일관 착한 녀석인 척 주위를 속이다가 결정적인 순간에 정체를 드러내는 비열한 캐릭터를 보는 것 같았다고 하면 조금 억지스럽고, 생각지도 못한 빙 군의 대답이 조금은 오싹하게 다가왔던 게 사실이다. 선배가 없는 쉬는 틈을 타 답답한 인형 탈을 벗듯, 빙 군은 그동안 땀을 뻘뻘 흘리며 뒤집어쓰고 있던 웃음을 벗으며 숨을 골랐다. 설거지 알바하는 형이 마침 우연히도 자신의 답답한 마음을 두드렸는지도 모른다. 그리고 그 순간 댐이 방류하듯 빙 군의 마음이 거세게 터져 나왔으리라. 어쨌거나 빙군의 대답은 뜻밖이었다. 사실 힘들어도 웃는 건 사회인의 필수사항이겠지만, 그래도 그동안 내가 지켜본 빙 군에게서 그런 말을 들으니 '뭐라고! 빙 군이!!' '제기랄, 빙 군! 너마저!!' '아니! 빙 군이 그럴 줄이야……' 뭐 이런 느낌이었던 것 같다. 말 그대로 반전이었던 것이다.

잠깐 나에 관해 이야기하면 나는 빙 군과는 완전히 반대쪽 부류의 인간이다. 힘들면 '아, 힘들다'고 얼굴에 그대로 출력된다. 특히 어릴 적에는 불쾌한 사람을 마주하면 이 자리를 뜨고 싶다는 신호가 얼굴에 득실거렸다. 지금도 싫은 사람 앞에서 무턱대고 그런 자세로 일관한다면 그것도 상당히 문제가 많은 어른이니, 요즘은 적당히 조절하려고 의식하는 편이다.

반대로 내 친구 중에는 아무리 싫은 사람 앞이라도 얼굴에 절대로 마음이 드러나지 않도록 표정 단속에 능한 친구들이 있다. 가령 친구가 평소 자신이 아주 불쾌한 녀석이라고 뒷담을 즐겨 씹던 인간과 아무렇지 않게 웃으면서 대화를 나누는 걸 목격할 때가 있다. 가끔 이런 장면을 볼 때면 정말 대단한 능력처럼 느껴져 감탄하게 된다. 하지만 솔직히 말해서 마음속 한편에는 비록 내 친구지만 '저런, 가식적인 놈' 하는 시선도 없을 순 없다. 사교로 보느냐, 가식으로 보느냐, 이런 딜레마이다. 이 딜레마는 내 삶에서 자주 맞닥뜨리는 단골 불청객이다. 확고한 철학을 가지고 불도저처럼 인생을 밀고 나가는 스타일이 아니다 보니 가끔 이런 불청객이 닥칠 때면 우왕좌왕한다. 그럴 때마다 명료하게 풀고 넘어가는 게 아니라, 매번 대충 어찌어찌 패스하고 넘어가는 식의 삶을 이어오고 있긴 한데…… 앞으로 인생을 아무리 오래 산다 하더라도 쉽게 풀지 못할 것 같은, 그런 자신 없는 문제들이 있다. '사교로 보느냐, 가식으로 보느냐' 이와 같은 문제들 말이다.

방귀남

집으로 가는 길, 덩치 큰 사내 한 명이 나보다 앞서 걷고 있었다. 목적지인 집에 거의 다 닿았을 때쯤 알게 된 것이지만 나와 한 건물에 사는 사람이었다. 걸음의 속도가 비슷하였던지라 집에 도착하기까지 그 사내의 뒤로 일정한 폭을 두고서 계속 걸어야 했다. 그런데 앞서 걷는 사내가 내 앞에서 그렇게 방귀를 뀌어대며 걷는 것이다. 다행히도 냄새가 내 코끝으로 스며들지는 않을 만큼 간격을 넉넉히 확보하고 있었다. 그리고 사람의 방귀 소리가 크면 얼마나 크겠나. 또한, 밀폐된 공간에서 뀌는 게 아닌 이상 냄새가 나면 얼마나 나겠나. 즉 걷고 있는 동안 그 방귀가 나에게는 악취도 아니었고, 소음도 되지 않았기에 나에게 직접적인 피해를 주지 못했다는 이야기다. 그런데 앞서 걷는 그 사람의 방귀는 뭐라고 해야 할까, 너무나 세차고 당당하게 뀌어대는 그 방귀는, 뒤에 걷는 사람으로 하여금 뭔가 무시를 받는듯한 기분을 안겨주는 방귀였다. 분명 자신의 뒤에 사람이 있다는 기척이 있을 텐데 말이다. 그러니 왠지 지하철에서 줄을 서고 있다가 새치기를 당한 것마냥 무언가 지켜져야 할 공공의 예의를 침해당한 것 같은 기분이 들었다. 방귀의 모습을 보면 알 수 있지 않은가. 이것이 괄약근에 안간힘을 넣고 버티다 버티다 새어 나오는 것인지, 안하무인 격으로 뱉어버리는 것인지.

이것은 확실히 후자에 속하는 방귀라 순간 이 사내가 뒤에서 걷고 있는 나를 무시하는 것 같은 느낌에 기분이 별로 좋지 않았다. 그렇게 조금은 불편한 기분으로 걷고 있다가 잠시 후 이에 대해 좀 더 명확하게 드는 생각이, 앞서 걷는 사내는 개인적으로 나를 아는 사람이 아니라는 것이었다. 그래서 결코 나를 무시했다고 말할 수가 없었다. 정확히 말하자면 그저 불특정 다수를 무시한 셈이다. 그래도 어찌하였던 자신의 뒤에 사람이 있을지도 모르는 일인데, 이건 미필적 고의로 볼 수 있는 부분이 아닌가 하고 속으로 그 사람을 비난하며 걸었다. 그런데 그러던 중에 사내의 귀에 이어폰이 꽂혀있는 것을 보게 된 것이다. 그러고 보니 사내는 줄곧 음악 소리가 이어폰 밖으로 철철 흘러넘치도록 음량을 크게 틀어놓고 걷고 있었다. 그렇게 계속 이어폰을 꽂고 있었기 때문에 자신의 뒤에 누군가가 걷고 있다는 것과 자신의 방귀 소리 크기가 어느 정도인지를 전혀 인지를 못 하고 있던 것이다.

그 순간 그런 생각이 들었다. ('방귀'라는 민망한 소재로 시작하여 조금 엉뚱한 전개로 이어져 황당합니다만, 이해할 수 없게도 그 순간 이런 생각이 떠올랐습니다. 참 생각이란 종잡을 수 없는 것 같습니다) 아래는 왕가위 감독의 영화 중 내가 가장 좋아하는 〈동사서독〉에 나오는 대사이다. 영화는 상처를 정면으로 응시할 수 없는 유약한 인간의 사랑과 이별, 상처를 다루는데 그중에 내가 잊지 못하는 명대사가 하나 있다.

얼마 전에 어떤 여자가
술 한 병을 주었는데
술 이름이 취생몽사야.

마시면 지난 일을 모두 잊는다고 하더군.
난 그런 술이 있다는 게 믿기질 않았어.

인간이 번뇌가 많은 까닭은
기억력 때문이란 말도 하더군.
잊을 수만 있다면 매일매일이 새로울 거라 했어.
그렇다면 얼마나 좋겠어?

이어폰을 끼고 방귀를 뀌며 앞서 걷던 그 사내도 그랬던 것이 아닐까. 자신의 방귀로 인해 누군가가 받을 상처를 정면으로 응시할 수가 없어서 그렇게 이어폰을 끼고 주변에 대해 눈을 감아버리고자 했던 그런 유약한 사람 말이다. 기억력 때문에 번뇌가 생긴다면, 어쩌면 그처럼 처음부터 기억을 만들지 않는 것이 가장 현명한 일일지도 모를 거라는 생각도 들었다. 그 사내 역시 자신의 방귀가 누군가에게 불쾌함으로 전해지는 기억을 처음부터 만들지 않고자 했던 그런 것은 아니었을까. (분명 아니었겠죠?)

외국어

늦은 저녁 귀갓길에 편의점에 들렀다. 캔맥주 하나를 계산한 뒤 문을 밀고 나가는 것과 동시에 외국인 할아버지가 편의점 안으로 들어오려 했다. 어느 나라 사람일까. 실제로 구분할 수 없으면서 머릿속에서는 독일인, 아니면 아일랜드 사람 같다는 생각을 했다. 참 웃기지. 살면서 아일랜드인은 한 번도 마주한 적이 없으면서 말이다. 머리는 백발에 수북한 흰 콧수염이 윗입술을 덮은 그는 영화 속에서나 보곤 했던, 손주의 재롱에 해맑은 웃음을 짓

는 인물처럼 인상 좋은 할아버지였다. 나는 문을 밀고 나가면서 그 외국인 할아버지가 들어서기 편하게끔 문을 잠시 잡아주었다. 당신네 모국의 문화에서는 어떤지 모르겠으나, 한국에는 이러한 센스와 매너가 있다는 것을 알려주기 위한 의도가 섞인 행동은 아니었고, 그저 평소 내 손에서 오랜 시간 거쳐 익은 자연스러운 버릇이자 작은 습관이었다. 할아버지가 들어설 때쯤 문을 살짝 잡아주자, 그는 내게 "Thank you!" 하고 말했다. 그 순간 나는 가볍게 한국말로 "예"라고 답해도 됐을 텐데, 예상치 못한 외국어에 당황했는지 머릿속에서 그에게 답해줄 외국어를 찾기 시작했다. 확실히 당황한 것이 틀림없었던 게, 내 입에서는 'You're welcome'이 아닌 그만 '하이'가 튀어나왔다. 나는 머릿속에서 가볍게 '예'를 말하고자 했으니 내 입에서 튀어나온 '하이'의 정체는 영어의 'Hi'가 아닌, 어이없게도 일본어 'はい'였던 것이다. 나 스스로도 당황스러웠지만 '고맙다'고 했는데 '안녕' 하고 답하는 동양인 청년한테 그 외국인 할아버지 역시 얼마나 당황하셨을까.

극장의
공기는 사뭇
달라질 것이다

〈케빈에 대하여〉를 보기 위해 광화문 씨네큐브를 찾았을 때였다. 평소 잘 가지 않는 영화관인데, 보려는 영화가 집 근처 메가박스에서 상영하지 않는 경우 몇 번인가 찾곤 했던 극장이다.

표를 끊고 좌석에 앉아 영화 상영을 기다렸다. 몇 분 뒤 천장의 조명이 꺼진 후 어둠이 뒤덮더니 곧바로 영화가 시작되었다. 그런데 뭔가 이상했다. 그날이 내가 광화문 씨네큐브를 찾았던 적이 처음이었던가? 아니면 내가 잊고 있었던 것인지, 아무튼 그동안 여느 극장에서 상영 시작 전 항상 마주하는 일련의 광고가 없었다. 늘 영화관에서 보던 광고가 빠지고 어둠과 침묵으로 관객의 긴장을 살짝 데운 후 곧 영화의 시작을 알렸다. 그렇게 연극의 막이 오르듯 어둠이 걷히며 스크린 속에 배우들이 등장했다.

아, 그러고 보니 나는 파블로프의 개처럼 영화관 좌석에 앉자마자 반사적으로 광고를 기다리고 있었던 것이다. 최근 상영 전 봐왔던 스크린 속에서 신나게 맥주를 흔들며 춤추던 김연아와 극장에서의 매너를 일러주던 소녀시대를 쏙 덜어낸 매우 깔끔한 영화 시작에 어리둥절했었다. 씨네큐브는 항상 그렇게 광고를 틀어주지 않는지 모르겠지만, 그날은 그랬었다. 〈케빈에 대하여〉가 시작하기 전 광고가 한 편도 나오지 않았던 거다. 마치 연극처럼, 극장에는 스크린 속에 배우와 관객만이 있었다. 상영 전 스크린 속에서 그 어떤 찌라시도 어지럽게 풀풀 날리지 않았다. 그리고 어쩐지 주위 사람들 또한 단순히 오락을 즐기러 온 모습이 아닌, 극장의 엄숙하고 진지한 공기의 품에서 스크린 안의 작품 속으로 미끄러져 들어갔다. 그래서 그 순간에 '그렇지, 이게 제대로 된 영화관 풍경이 아닌가' 하고 생각을 했다. 그동안 왜 극장을 찾은 목적과는 아무런 연관이 없는 광고를 고분고분하게 잘도 봤지? 하는 의문으로 조금 불쾌해졌다. 그렇다고 문득 그것의 불합리를 자각한 후 '아, 내가 이 광고를 왜 봐야 해!!' 하고 팝콘을 집어 날리며 영화관 관계자에게 행패를 부릴 수 있는 사람은 없을 것이다. 광고를 보고 있는 시간이 대략 10분쯤 되려나. 연초에 국세청에서 환급해주는 세금처럼 그동안 영화관이 관객으로부터 걷어간 시간을 어떻게든 보상받아야 하는 게 아니냐는 시비라도 걸고 싶은, 잠시나마 그런 심정이었다. 물론 그 10분이라는 시간의 누수를 앞으로 영화관 측에서 보수해준다고 하더라도 내 삶에 효과적이고 유용한 데 보태 쓸 것 같지는 않지만, 그래도 우리는 손해 보고선 못 넘기는 인간들이 아닌가.

뭐, 아무튼 내가 사회에서 일어나는 시시비비를 하나라도 걸고 넘어가지 않고는 못 배기는 반골이라서 그런 것은 아니다. 요컨대 뭐랄까 한 번쯤 그런 순간이 온다. 내가 너무 사회가 던져주는 대로 얌전히 먹이나 받아먹고 있는 똥개로 길들여지고 있는 건 아닌가, 그러한 자각이 둔감하게 말라붙어 가는 머리 위로 가끔 소중한 단비처럼 떨어진다. 그리고 이러한 이상한 현상에 불만을 지펴 소란을 일으켜야겠다는 심보가 아니라 한 번쯤 의문을 품어보자는 거다. 과연 영화라는 것이 생겨나고 제일 처음 어떤 새끼가 영화 시작 전에 이따위 광고를 끼워 넣었나 하고 말이다. 집에서 TV로 허구한 날 마주하는 게 광고인데 도대체 극장에서까지 뭐란 말인가. 그리고 그 목적은 무엇인지, 관객의 의향과는 상관없이 광고를 틀고 그 수익은 누구 주머니에 들어가는지. 애초에 어떤 새끼가 이런 촘촘한 그물을 사회에다 던져놨길래 현재 전국의 모든 극장이 이런 관습에서 빠져나오지 못하는 것일까.

아마 70년대에도 이런 유의 반항적 의문을 품은 사람이 있었을 것이다. 왜 애국가만 울려 퍼지면 하던 걸 다 제쳐두고 가슴에 손을 얹어야 할까. 발가벗고 섹스를 하다가 애국가가 울려 퍼지는 동시에 아내를 내팽개쳐두고, 반사적으로 일어서 가슴에 손을 올렸던 한 남자가, 아내의 바가지에 번쩍 깨달았을지도 모른다. 도대체 어떤 새끼 때문에 이렇게 발가벗은 채 허겁지겁 아랫도리를 달랑거리며 일어나 가슴에다 손을 얹고 있는…… 이런 민망한 꼴인지. 야 이 병신아, 꼭 마누라랑 배를 비비던 도중에까지 이래야 했냐고, 그렇게 스스로 반문과 질책과 회의를 퍼붓지 않았을까. 그리고 그중 행동력을 가진 반골에 의해 사회는 변화를 거듭하며 역사를 굴려왔을지도 모른다.

어, 적다 보니 이야기가 옆길로 좀 빠진 느낌인데, 글의 요지는 현재의 영화관 관습을 뿌리 뽑자는 그런 혁명을 요구하는 게 아니다. 말한 바와 같이 단지 씨네큐브에서 있었던 그때의 경험이 매우

신선했고 좋았다고 이야기하려는 것뿐이다. 그래서 작금의 영화관에서 싫든 좋든 봐야 하는 광고를 좀 덜어내면 어떨까 하는 것이다. 연극만 하더라도 막이 오르기 전 잡상인이 무대에 올라 핸드폰 판촉을 벌이거나, 그렇게 떠들지 않지 않는가. 오히려 광고가 떡하니 차지하고 있는 시간을 조금 침묵해주면 극장의 공기는 작품을 기다리는 관객의 설렘으로 사뭇 달라질 거라는 것이 내 생각이다.

씨네큐브를 찾은 지 꽤 오래되어 요즘도 광고가 나오지 않는지 모르겠다. 부디 지금도 그때처럼 광고가 나오지 않았으면 좋겠다.

짓궂은 수수께끼

지하철 승강장에서 열차를 기다리며 줄 서 있는 사람들 가장 앞으로 한 노인이 새치기를 한다. 줄을 선 사람 중 누구도 그것에 대해 말이 없다. 종종 마주하는 이러한 풍경 앞에서 그래도 이건 좀 아니지 않나라는 생각을 하지만, 그럼 이게 아니라고 한다면 어떤 게 맞다 하는 것 역시 딱히 떠오르지 않는다. 조금은 눈에 밟히긴 하지만 누구도 말이 없으니, 아무도 말을 못 꺼내고, 그냥 그런가 보다 식으로 오랫동안 균형을 유지하는 어떤 불편한 질서들이 있는듯하다.

오늘 역시 한 어르신이 예매해둔 좌석인 듯 너무나 자연스러운 걸음으로 내가 선 줄 앞을 꿰차고 들어왔다. 그리고 나는 평소처럼 아무 말도 할 수 없었다. 마치 이건 세상을 살아가는 지혜가 무엇인지 맞춰보라며 누군가가 내게 던지는 짓궂은 수수께끼만 같다.

미신에 대하여

9시 뉴스를 보던 중이었다. TV 속 화면에서는 점쟁이의 사기에 걸려 인생을 망친 한 여인의 안타까운 사연이 나오고 있었다. 그리고 그녀의 피해 사례를 들어 최근에 횡행하는 무속인의 신종 사기 수법을 보도하던 중이었다. 그 교묘한 수법을 요약해보면 이렇다. 1) 손님이 점을 보러 찾아간다. 2) 점쟁이가 손님에게 곧 다가올 불운을 예고한다. 대체로 가까운 사람이 죽을 거라는 식으로 겁을 준다. 3) 그리고 굿을 해야 한다거나 해결 방법을 알려주면서 거액을 요구한다. 4) 마지막으로 자신의 말을 따르지 않으면 곧 큰일이 닥칠 것이라고 피해자의 심리를 압박한다.

뉴스에 소개된 안타까운 사연의 주인공 역시 처음에는 점쟁이의 말을 곧이곧대로 믿지 않았다고 한다. 그런데 하필이면 점집에 찾아갔던 며칠 뒤 우연히도 친척 중 한 명이 돌아가신 거다. 그렇게 여자는 덫에 걸리듯 그만 그 '우연'에 발목 잡혀버린다. 그 후에 여자는 자신이 점쟁이의 말을 듣지 않아서 벌어진 일이라며 죄책감에 휩싸였다. 그렇게 여자는 결국 미신이라는 수렁 속에 빠져, 점쟁이에게 거액의 사기를 당하고 만다.

이 사연을 듣고 너무나 섬뜩했다. 이유는 나였더라도 분명 당했을 것 같다는 느낌에서였다. 나도 지난날 우연이라고 잘라 말하기에는 아주 기이한 경험을 몇 번인가 겪었던 적이 있다. 그래서 만약 점쟁이가 면전에서 무서운 눈으로 쏘아보며 '올해 팔자가 아주 사나워'라든가 '사주에 액이 끼었어'라는 등 겁을 준다면 아마도 사연의 여자처럼 속수무책으로 당하지 않았을까 한다. 그래서 나는 이제껏 점집에는 가본 적이 없고, 앞으로도 갈 생각이 없다. 나도 여느 사람처럼 올 한 해의 사주가 궁금하긴 하다. 하지만 사연의 여자처럼 만약 불운을 듣는다면 미신이라는 감옥 속에 그대로 갇혀버릴 것 같기 때문이다. 마치 극한의 스릴이 좋다지만 죽을지도 모르는 모험을 무릅써야 하는 익스트림 스포츠처럼, 내게는 점이란 그런 느낌이다. 아마 점집을 찾아갔다가 괜히 거머리 같은 그런 찝찝한 말이라도 듣고 온다면 분명 쉽게 떨쳐버리지 못할 것 같다. 나뿐만 아니라 점집을 찾아간 사람이라면 다들 그렇지 않을까 한다. 왜냐하면 기본적으로 점쟁이가 뭐라 지껄이든 간에 미신 따윈 믿지 않아! 하는 태도의 사람이 애초에 점집을 찾아갈 일은 없기 때문이다. 믿지 않더라도, 심심풀이로 갈 수 있다. 하지만 들어갈 때 심심풀이였더라도, 괜히 이상한 말을 듣는다고 생각해보라. 그러면 들어갈 때의 그 심심풀이의 기분으로 나오긴 힘들지 않을까 한다.

조금 전에 내가 겪었다고 한, 아니 정확하게 말하자면 우리 부모님이 겪었던 이른바 미신이라고 할 수 있는 이야기인데…… 부모님이 결혼하시고 아직 할머니가 살아계셨을 때의 일이었다. 부모님이 결혼하고 아직 나를 갖지 않았을 무렵이다. 어느 날 할머니가 불현듯 부모님께 그런 말을 했다고 한다. 이후에 아이가 태어나거든 그 후로는 절대 개고기는 먹지 말라고. 아쉽게도 부모님이 그 이유에 관해서는 물어보지 못했던 것 같다. 그 후 나는 할머니가 돌아가신 지 몇 년이 지나 태어났다. 그러던 내가 돌 정도 되었을 쯤인가. 어느 날 부모님께서 오래전 할머니가 일러주었던 말을 깜박하고 그만 개고기를 드셨다고 한다. 그런데 그날 저녁 엄마, 아빠 사이에서 자고 있던 내가 눈동자가 파랗게 변하더니, 갑작스레 숨을 제대로 쉬지 못하더라는 것이다. 부모님은 기겁을 한 채 나를 안고 어두운 밤 택시를 타고 응급실을 향해 내달렸다. 그런데 찾아간 의사도 증상의 원인을 찾지 못해 그저 난감해하기만 했다. 그렇게 부모님이 발을 동동 구르는 동안 다행히도 얼마 뒤 차츰 내 눈과 호흡이 정상으로 돌아왔다고 했다. 그 일이 있은 후 우리 부모님께서는 개고기를 다신 입에 대지 않으셨다고 한다. 커서 그때의 일화를 부모님으로부터 신기해하며 들은 나도 이제껏 단 한 번도 개고기를 입에 댄 적은 없다. 당연히 개고기를 먹으면 무슨 일이 일어나지 않을까 하는 두려움 때문이다. 이상 부모님께 들은 이야기인데 너무 신기하지 않냐고 간혹 사람들에게 들려주기도 한다. 그러면 사람들은 대체로 두 부류로 나뉜다. 그냥 우연의 일치라고 단정하는 사람과, 나처럼 과학의 바깥에서 일어나는 일을 그저 우연에다가 던져두지 않고 미신이라는 영역을 인정하고 이해하려는 사람.

어느 팟캐스트에서 들은 바로는, 점집 같은 지하경제가 한 해 조 단위의 시장 규모라고 한다. 듣고서 아니 그 정도일 줄은…… 정말 깜짝 놀랐던 기억이 있다. 그리고 관련 전문가가 하는 말에 의하면 국회의원이나, 의사 등 이른바 가방끈이 긴, 합리적인 사고를 할 것 같은 배운 사람일수록 더욱 점집을 찾는다는 것이다. 이런 이야기를 들으면 미신이란 영역에 자유로운 사람보다는 그렇지 못한 사람이 훨씬 많은듯하다. 그러한 이유로 나는 간혹 이런 미신에서 자유로운 사람을 만나면 정말로 대단하다는 인상을 받곤 한다.

예전에 《INDOOR》라는 잡지를 만들 때 다양한 분야의 사람과 만나 인터뷰를 한 적이 있었다. 만났던 사람 중 한 명과 우연히 그런 미신과 관련한 화제로 이야기가 흘렀던 적이 있다. 지금 생각해도 너무 인상적이다. 그 사람은 미신을 절대 믿지 않는다고 했다. 어릴 때부터 그랬다고 한다. 예컨대 어릴 적에도 빨간색으로 이름을 적으면 죽는다는 그런 말이 정말 터무니없게 느껴졌단다. 그래서 그런 터무니없음에 반발심의 이유로 자주 빨간색으로 이름을 적었다고 했다. 아무 일도 없다는 것을 증명해 보이기 위해서 말이다. 그래서 그 후 자신의 확신대로 아무 일도 일어나지 않으면, (실제로 아무 일도 일어나지 않았다. 당연한 말인가) 거기서 자신이 증명해 보였다는 것에 쾌감을 느꼈다고 한다. 맞다. 정말 대단하다고 할 만한 일이지 않은가. 아인슈타인처럼 논문으로 세상에 상대성이론을 증명하는 물리학자가 있는 반면에 이렇게 자신이 터무니없다고 여기는 것들을 두둑한 배짱으로 증명해 내는 사람도 있다.

꼭 어릴 적 그 일 때문만은 아니고 개인적으로 반려동물을 식용으로 먹는 것에 부정적이라 앞으로도 개고기는 먹고 싶지가 않다. 솔직히 말해서 식용으로 먹는 다른 동물과 비교해서 살집도 별로 없고, 맛있을 것 같지도 않다. 그런데 궁금하긴 하다. 개고기를 먹고 나서 어릴 적에 일어났던 그런 일 없이 무사하면(?) 어떡하지. 무사하다면 후련한 마음일까. 아니면 그동안 있지도 않은 미신 따위에 몇십 년을 속고 살아온 내 인생을 한심하게 쳐다보던가, 아니면 억울한 심정일까. 그리고 만약 그렇게 된다면 앞으로 미신이란 놈을 지금보다 한결 만만하게 보며 미신이란 족쇄에서 풀려나 좀 더 삶이 매끄럽게 나아갈 수 있을까. 핸드폰 액정에서 4시

44분을 봐도 조금의 찝찝함이 없을까.

예전에 읽은 어느 작가의 수필에서도 그 작가 역시 미신이라는 것 자체가 터무니없다고 느껴져 이사할 때 손 없는 날에 하는 게 아니라 손 없는 날을 피해서 했다고 한다. 마찬가지로 그 작가 역시 손 없는 날을 피해 이사를 했다고 해서 무슨 큰일이 벌어졌는가 하면 전혀 그렇지 않고 잘 살았다고 한다. 나도 이와 같은 작가처럼 미신 따위에서 완전히 자유로울 수 있다면 좋을 텐데. 아쉽게도 나를 포함해 대부분의 평범한 사람들은 그렇지 못한 듯하다.

생각해보면 애초에 이런 명리학이나 점성술이나 미신 같은 게 없었으면 얼마나 좋았을까 하는 생각을 해본다. 마치 회사에서 동료의 연봉은 절대 모르는 게 약인 것처럼, 그런 문제가 아닐까. 애초에 명리학이나, 점성술이나 이런 학문이 없었다면, 자신의 앞날이나 운명 따위도 궁금해하지 않았을 것 아닌가. 처음부터 알 길이 없었으면 좋았을 것을.

단순하게 모르면 더 좋았을 것을. 누가 뭣하러 이딴 걸 만들어가지고 사람들의 삶을 이토록 불편하게 해놓았을까.

말

회기역 근처를 지나다가 벽에 붙은 전단지 하나가 눈에 띄었다. 말도 안 되는 소리로 고수익, 고소득을 보장한다는 내용에 정체가 의심스러운 글이었다. '절대로 사기가 아닙니다. 진실이고 사실입니다'라고 적은 부분에서 절대로 사기처럼 들렸다. 그런데 가만히 읽고 있자니 저 짧은 한 줄의 글 안에서 '절대로'와 '진실'과 '사실'이라는 단어가 묘하게도 간곡한 느낌을 풍겨 나도 모르게 순간 사기가 아닐지도 모르잖아라는 생각을 해버렸다. 그리

고 늘 느끼는 거지만 어째서 '진실'처럼 좋은 단어는 조금만 가볍게 내뱉어도 그 의미가 퇴색되어버리는 걸까.

붙은 전단지를 쭉 한번 읽어봤다. 저런 말도 안 되는 전단지를 보고 전화를 거는 힘든 사람들이 실제 있을까. 그런데 사람이 사람의 말에 속는 데 있어 말 같건, 말 같지도 않건 사실 그건 중요한 문제가 아닌 것 같았다. 그동안 아주 그럴듯한 말 같은 소리에 속았던 것을 생각해보면 오히려 저런 말 같지도 않은 말이 더 솔직한 편이 아닐까라는 생각이 들었다.

사람들이 하는 거짓말들을 본다.
미안해서 하는 말이나, 난감해서 하는 말.
대충 넘기고 싶어서 하는 말이나,
피하고 싶어서 하는 말.
귀찮아서 하는 말이나, 별거 아니겠지 하고 하는 말.
나한테 별로 영향을 미치지 않아서 하는 말.
지켜지지 않아도 될 거라 생각한 말이나,
뭐 어쩌라고 식의 말.

그리고
사랑이나 우정이나 신 앞에서 하는 말들.
사람들이 하는 말들을 곰곰이 지켜보면 인정하기
싫지만 어떨때는 그 속에 50퍼센트 이상은
거짓들이 섞여있는 느낌이다.

어쨌든
실시간으로 매일매일 즉시즉시 소득 발생이라니.
합리적이고 과학적인 무한수익이라니.
이것 참 기상천외한 일이구만.

우와~한국 사람? 직업이 뭐예요? 오사카는 어때요? 맛있는 것 많이 먹었어요? 결혼은 했어요? 관상이 좋은데 내가 손금 봐줄까요?
여보실례야!
아하하..

4부 내가 떠났던 여행에 대하여

오사카에서 생긴 일

오사카에서 2박 3일의 여행을 마치고 난바なんば에서 공항으로 돌아가는 지하철 안에서였다. 50대로 보이는 중년의 부부가 다가와 내 옆의 빈자리에 나란히 앉더니, 아내분이 나에게 “칸코쿠진?(한국인?)” 하며 불쑥 말을 걸어왔다. 아마도 내 손에 들고 있던 일본어와 한글이 어지럽게 섞인 가이드북을 보고서 물어보는 듯했다. “하이, 소우데스(네, 그렇습니다)” 하고 답하자 아주머니는 마치 한국에 사는 친동생이라도 만난 듯 무척 반가워했고, 그

순간 전혀 생각지도 못한 웬 일본 아주머니의 난감한 수다가 달려들었다. 아주머니 옆에 앉아있던 남편분은 '아, 저 여편네 또 시작이구먼'이라고 말하는 듯 아내의 수다에 어딘가 못마땅한 표정을 지은 채, 그저 말없이 앉아있었다.

그날 아줌마의 수다를 기억나는 대로 대충 복기하면, 저 한국 좋아해요, 한국에는 해마다 두 번 정도 가는데 부산이랑 서울은 꼭 들러요. 서울에 친척이 살고 있거든요. (하이, 소우데스네) 오사카 어땠어요? 맛있는 거 많이 먹었어요? (하이, 소우데스) 한국에서 직업은 뭐예요? (구라힉쿠 데자이나데스) 아, 그 직업 한국에서 출세하기 힘들잖아요. (하이, 소우데스네) 일본에 와서 해요. 그 직업 일본에서 하면 괜찮게 벌거야. 그리고 오사카는 집세도 싼 편이라 3만 엔짜리 방도 잘 찾아보면 꽤 있어요. (하이, 소우데스까?) 관상이 참 좋네, 잠깐 내가 손금 좀 봐줄까요? (하…이, 아리가토고자이마스……) 지금 일본에 와서 일하면 딱 성공할 운세네. (하이,

소우데스까?) 결혼 아직 안 했죠? (하이, 소우데스) 빨리 장가가야겠네. 아, 저휜 이제 내려야 해서요. 하며 내 손에 명함 한 장을 남기고, 그 아주머니는 그렇게 한바탕 폭풍처럼 휘몰아친 후 남편과 함께 유유히 자리를 떴다.

명함은 매우 단순했다. 별 모양의 로고와 그 밑에 그녀의 이름인지 사명인지 알 수 없는 한자 '지치화혜志治和惠'가 적혀있었고 주소, 전화번호가 전부였다. 그런데 그녀가 자신이 무얼 하는 사람인지 아무런 설명 없이 덜렁 명함만 주고 후다닥 전철에서 내린 탓에 지금까지도 그 아줌마의 정체는 내게 미스터리로 남아있다.

그 아주머니에게는 미안하지만 도대체 뭐 하는 사람인지 알 수 없는 명함도 미심쩍고, 말하는 내내 처음 보는 나를 계속해서 은근 슬쩍 오사카로 끌어들이려는 듯한 수상쩍은 냄새 때문에 그때 혹시 일본판 '복이 많으세요' 아줌마에게 걸려들 뻔했던 건 아니었을까, 하는 생각이 들곤 한다.

그 아주머니가 일본판 복 아주머니였건 어쨌건, 나에겐 그 짧은 순간이 무척이나 좋았고 즐거웠던 기억이다. 거의 아주머니 쪽에서 일방적으로 몰아붙인 수다이긴 했지만 나는 가끔 이런 게 바로 관광의 또 다른 묘미가 아닌가 한다. 특히 다른 나라로 떠난 여행에서 맛집을 찾아다니고, 명소를 둘러보는 것도 좋지만, 낯선 나라에 가서 이국의 언어에 몸을 푹 담그고 있을 때의 기분 또한 뭐라 말로 표현하기 힘들다. 비록 그게 아무리 시시한 대화라 할지라도 말이다. 이국의 언어를 현지인과 핑퐁을 하듯 주고받으며, 다른 나라의 오래된 문화유산을 혀로 이리저리 마구 핥아대는 그 순간에 나는 '아, 역시 이게 관광의 참맛이지' 하며, 제 나름대로 여행이 주는 매력을 만끽했었다.

그나저나 그 일본인 아주머니는 도대체 어떻게 바다 건너 남의 나라 디자인업 사정까지 들여다보고 있는 것인지, 결혼 못한 총각을 안타깝게 쳐다보는 건 일본, 한국을 떠나 아줌마들의 어쩔 수 없는 본능인지, 한국 사람 손금을 일본 사람이 봐도 무관한 것인지, 손금이 그렇게 글로벌적으로 통용되는 것인지, 쓰잘데기없는 여러 의문만을 남겨놓았다.

내가 떠났던
여행에 대하여

드라마나 영화 속에서 흔히 보는 장면을 잠깐 이야기해보려 한다. 첫 번째는 바에서 한 여인이 홀로 술잔을 기울이고 있는 장면이다. 젖은 눈빛과 젖은 입술, 젖은 목소리, 온몸이 고혹의 향으로 잔뜩 젖어있는 여인이 내뿜는 유독한 젖은 향에 주변의 남자들이 맥없이 촉촉하게 젖고 마는 그런 촉촉한 장면이다.

그리고 여기 또 다른 장면은 열차 속 햇빛이 쏟

아지는 아늑한 창가에 한 여인이 앉아있다. 홀로 여행을 떠나는 듯 옆자리에는 짐을 꾸린 가방이 놓여 있다. 그리고 손에는 책갈피를 물고 있는 밀란 쿤데라의 『참을 수 없는 존재의 가벼움』이 들려있고, 이어폰을 귀에 꽂은 채 차창 밖으로 흘러가는 풍경을 향해 무심히 눈을 두고 있는, 역시 어딘가 우수에 흠뻑 젖어있는, 그저 넋 놓고 바라보고 있으면 그녀가 앉아있는 배경으로 어디선가 〈기억의 습작〉이 들려올 것 같은, 말 그대로 촉촉한 풍경이다.

홀로 술을 마시거나, 홀로 여행을 떠나는 여성에게는 이상하지만 알 수 없는 매혹의 윤기가 흐른다. 그곳을 지나가는 남성이라면 으레 취하게 마련이다. 마치 캔들처럼 낯선 여인의 고독의 심지에서 타오르는 고혹의 향이 사내의 심장으로 은은하게 파고드는 것이다. 그리고 남자는 코끝으로 감겨오는 그 촉촉한 향에 점점 빠져든다. 여자의 해맑은 미소 앞에서 정신이 흐트러진 남자의 마음이 활짝 문을 열어젖히듯, 어딘가 내밀한 사연이 고여있는 깊은 눈을 가진 여자를 마주했을 때, 그런 순간에도 남자는 바보가 되는 게 아닐까. 그 깊은 눈 속에 담겨있는 것이 그 무엇이라도 안아줄 수 있을 것 같은 자만과 무엇이라도 안아주고 싶은 욕망과 허영에 취한 눈으로 사랑의 환영을 그린다.

나 역시 봄 여름 가을 겨울 사시사철 촉촉하게 젖어있는 가을 남자인지라, 나의 우수에 젖은 눈만 마주쳐도 오르가슴으로 몸을 부들부들 떨며 낙화했던 가을 낙엽이 그랬듯, 나도 앞서 말한 그런 촉촉한 풍경을 마주하면 쉽사리 사랑의 환영 속에 빠져 허우적거리곤 한다.

나 같은 경우는 앞서 말한 장면 중 후자의 경우에 더욱 매혹된다. 우선 술집을 즐겨 찾는 편이 아니므로 나의 일상에서 깊은 고독에 잠겨 홀로 술잔을 기울이는 여자를 만날 일이란 거의 없다. 그렇다고 딱히 후자의 경우처럼 어쩌다 여행 한번 떠나는 것도 좀처럼 여유가 생기지 않는 일상이라, 여행을 자주 가는 편도 못 된다. 하지만 서울에 살면서 고향에 내려갈 때마다 기차나 버스에 오르는데, 그럴 때 가끔 후자와 비슷한 풍경을 스치곤 한다.

가령 내가 스치곤 했다는 그 풍경에 상상력을 조금 버무려 그려보면 이런 모습이다. 그 그림은 사람들로 번잡한 KTX가 아닌 한산한 무궁화호가 조금 더 어울릴듯하다. 기차에 올라 가방을 좌석 위 선반에 올려놓고, 외투를 벗어 걸어놓는다. 의자에 몸을 묻으면 발밑에서는 기분 좋은 히터 열기가 올라오고, 기차 안에는 차창으로 겨울철 정오의 햇볕이 비쳐들어 부드럽고 따뜻한 공기로 가득하다. 나는 잠깐 머릿속으로 제발 내 옆자리에 겨드랑이가 축축한 식초 냄새를 머금은 덩치 큰 중년의 아저씨만 앉지 않았으면 좋겠다고 생각한다. 그런데 그때 마침 객실 문을 열고 한 여인이 걸어온다. 그리고 우연인지, 인연인지, 기적인지, 계시인지 그녀가 내 옆자리에 앉는다. 아까 승강장에 서있을 때부터 계속 눈에 밟히던 그 여자이다. 자리에 앉은 후 그녀는 가방에서 김영하의 다소 무거운 책 『나는 나를 파괴할 권리가 있다』를 꺼내 그녀의 여린 허벅

지 사이에 올려놓는다. 그리고 이것 역시 의미 없는 우연인지, 아니면 인연의 암시일까. 귀에 이어폰을 꽂고 음악을 듣던 그녀의 핸드폰에서 내가 좋아하는 김일두의 〈누군가를 사랑한다는 것〉이 재생되고 있는 화면이 계속 그녀를 힐끗거리며 훔쳐보고 있던 내 눈 속에 들어온다. 그리고 나는 열차가 그녀의 도착지에서 멈출 때까지 차창에 비친 내가 만들어놓은 그녀의 환영에서 눈을 떼지 못한다.

내가 상상하는 풍경은 여기까지이다. 단지 나만 그런지는 모르겠지만, 이상하게도 여행을 떠난 길에서 만나는 여자는 어딘가 특별하다. 만약 일상에서 똑같은 사람을 스쳤더라고 하면 별로 시선을 주지 않았을 것 같은 그저 그런 사람이다. 그런데 이상하게도 여행 중에 만난 낯선 여인에게서 풍기는 그 특별한 매혹의 향은 설명하기도, 이해하기도 어렵다.

얼마 전 봤던 방화 〈결혼전야〉 속에서도 이연희가 남자친구 옥택연을 두고 혼자 제주도로 여행을 떠나는 장면이 나온다. 제주도에 도착한 뒤 여행 가이드 주지훈과 이연희가 첫 만남에서 주고받는 눈빛 속에 숨은, 무언가 타는듯한 아찔한 냄새를 맡고, 나는 이후 둘의 만남이 어떤 전개를 펼칠지 대략 눈에 보였다. 영화 내내 이연희는 옥택연과 주지훈 사이에서 위태위태한 줄타기를 하다가 마지막에 결국…… 뭐 그럴 줄 알았던 결과로 시시하게 끝이 난다.

예전에 나도 여행이라고 하기에는 좀 뭣하지만, 서울을 떠나 혼자서 강화도 외포리 앞 바닷가를 찾은 적이 있었다. 그때는 인생이 끝난 듯 삶의 전장에서 낙오한 패잔병처럼 무거운 걸음을 끌고 그곳을 찾아갔었다. 그리고 쓸쓸히 선착장에 홀로 앉아 밤새 깡소주를 들이키며 갈 데까지 가보자는 작정으로 마시려다, 그만 추위와 배고픔을 견디지 못하고 근처 순댓국집을 찾아 들어가고 말았다. 순댓국집에 들어서자 TV를 보던 여주인이 일어서며 돌아서는데, 아니, 이게 웬! 외딴 어촌에서 은둔하고 있기에 너무나 아까운 눈부신 미모의 젊은 여주인이 인사를 하며 맞이했다. 별로 음흉한 속내가 없음에도 불구하고 그녀의 몸매 앞에서 너무나 당황한 나머지 도대체 눈을 어디다 둘지를 몰라 시선이 그만 그녀의 몸 위에서 빙글거리며 헤매다가 오해를 불러일으킬 것 같은 육감적인 몸매의 여주인을 딱 마주하자 술이 깨고 '그래도 살아야지'라는 생의 의욕이 솟구쳤다. 만약 그 순간이 홍상수 영화의 한 장면이었다면, 카메라는 분명 내 비릿한 눈길과 그녀의 아찔한 가슴골을 번갈아 클로즈업하며 왔다 갔다거리지 않았을까. 그러다가 어느 순간 여주인은 내 옆 자리의 테이블 위 음식 찌꺼기를 걸레로 훔치다가, 어딘가 약간 도발적인 입술을 벌리며 슬금 이렇게 말을 걸어왔을지도 모른다. "혼자 오셨어요?" 그러면 나는 "아, 네. 시나리오를 적고 있는데 글이 막혀서 답답해가지고요. 혼자 바람이나 쐴까 해서 왔어요" 하고 구라를 치며 그녀의 호기심과 관심을 낚으려 했을 것이다. 내가 그랬다는 게 아니라 만약 홍상수 영화의 한 장면이었다면 그랬을 것 같다는 말이다.

문득, 여기까지 적고 보니 아, 나는 이 글을 통해서 무엇을 말하고자 했을까라는 의문이 드는데, 무릇 여행이란 외로움과 고독함으로 가득한 무거운 가방을 한껏 둘러메고 정처 없이 떠난 길 끝에 운명적 로맨스를 맞이하는 그 맛에 있는 것 아닌가요? 라는 따위의 글을 적고자 했던 것은 절대 아니다. 사실 거의 그렇게 읽혔을 거라는 것은 나도 인정하는 바이지만. 그럼 무어냐 하면 문득 지난날에 혼자 떠났던 여행의 모습을 떠올렸을 때 공교롭게도 그런 모습이었던 것 같다.

예전 여자친구와 헤어지고 난 후 괴로움에서 벗어나기 위해 진주에서 무주까지 걸어서 몸을 괴롭혔을 때도 그렇고, 첫 회사에서 무너진 꿈 앞에 어쩔 줄 모르고 외포리 바닷가에서 방황했을 때도 그런 모습이었다. 나를 괴롭히는 부모의 기대와 회사 또는 주위의 시선으로부터 매번 도망치는듯한 모습으로 떠났던, 창피하지만 내가 떠난 여행은 대개 그런 '도피'의 모습이 아니었나 한다. 사람들과의 관계라는 끈 위에서 도망을 쳤다가 어리석게도 다시 가장 먼저 사람에게 빠져버리는 것이다. 그 외포리 순댓국집의 여인을 보며 '그래도 살아야지'라는 위로를 얻었던 것처럼 말이다. 지난날의 한심한 자신의 모습을 거울삼아 좀 더 나은 사람이 되어야겠지만, 어쩐지 앞으로도 그렇게 바보같이 훌쩍 어딘가로 도망치듯 여행을 떠날지도 모르겠다. 그리고 또 그렇게 도망쳤던 패배자는 다시 한심한 모습으로 돌아올지도 모른다. 마치 저 위에 있는 누군가가 인간의 숙명과 한계가 그런 것이니 굳이 삶의 굴레에서 뛰쳐나오지 말라는 듯, 깊은 외로움 속에 헤매는 나를 집어올려 다시 사람들 속으로 던져 넣어버리는 것이다.

후쿠오카에서 생긴 일 그리고, 기억에 대하여

군 시절 말년에 독학으로 일본어를 꽤 열심히 공부했었다. 그리고 제대한 후 공부한 일본어 실력이 얼마나 되는지 일본 사람이랑 직접 떠들어보면서 확인하고 싶었다. 그래서 스물세 살쯤 여행 삼아 부산에서 가까운 후쿠오카에 간 적이 있었다. 알아보니 후쿠오카는 부산항 여객 터미널에서 쾌속선을 타면 2시간 50분 정도 거리라 가볍게 다녀올 만한 곳이었다. 그런데 처음 하는 여행이라서 서툴렀던 탓인지 계획을 엉망진창으로 짜버리고 말았다. 첫 번째는 이틀 동안 둘러보려고 계획했던 장소들이 반나절 만에 모두 돌아볼 수 있는 서로 근접한 거리였다. 그리고 두 번째는 계획하고 간 것보다 여행 경비가 부족했다. 그래서 첫날은 호텔에서 자고, 이튿날은 그만 노숙을 해야 할 처지였다. 어쩔 수 없이 이튿날은 늦은 저녁 거리를 배회하다가 적당한 공원을 발견하고 그곳에서 밤을 보내기로 하였다. 그런데 벤치에 자리를 잡고 몸을 누우려는데 저쪽의 어떤 남자가 계속 눈에 거슬렸다. 왠지 나를 주시하며 내 주위를 서성이는듯한 느낌이었다. 그 사람 때문에 뭔가 불안해서 잠을 잘 수가 없었다. 그렇게 한 30분 정도 흘렀을까. 그 남자가 사라진 것을 확인하고 그제야 잠이 들 수 있었다.

잠이 든 뒤 얼마나 지났을까. 몸에 어떤 이상한 기척에 눈을 떴는데 그만 눈앞에 벌어진 믿기지 않는 광경에 기겁하고 말았다. 아니나 다를까 아까의 그 불안한 예감대로 주위에서 서성이던 그 남자가 내 눈앞에 있었다. 그리고 지퍼가 풀린 내 바지는 반쯤 내려가 있었고, 그 순간 녀석의 손이 내 팬티를 막 벗기려던 참이었다. 소스라치게 놀라 그 남자를 두 손으로 밀쳐내고, "오마에, 난다!(너 뭐야!)" 하고 소리를 질렀다. 그러자 녀석은 느물스러운 미소와 끈적이는 말투로 "와타시 게이다요, 오마에 혼또니 세쿠시 보이다네, 와타시토 잇쇼시 호테루에 이쿠요(나 게인데, 너 정말 섹시하구나. 나랑 같이 호텔에 가자)" 이렇게 지껄이는 것이다. 순간 귀를 의심하지 않을 수 없었다. 뭐라고? 호텔? 상대는 나랑 비슷한 나이로 보였다. 호리호리한 몸을 보자니, 잘만 하면 기분대로 한 방에 제압할 수도 있을 것 같았다. 순간 그 놈 말대로 호텔에 따라갈까? 따라가서 패버리고, 돈이나 뜯어버릴까 하는 생각도 들었다. 그런데 그러다 괜히 말도 잘 안 통하는 외국에서 문제가 커지면 곤란할 것 같다는 판단이 들었다. 차분히 열을 가라앉히고 그 놈에게는 나 지금 혼자 여행 중인데 일본 말도 잘 모르고 해서 지금 당신 하는 말 잘 못 알아듣겠다고, 그러니 그냥 가던 길 가라고 돌려보냈다. 그러자 그는 마치 거의

다 낚아 올린 고기를 놓친 듯 무척 아쉬운 표정으로 자전거를 타고 어딘가로 사라졌다.

조금만 더 깊이 잠들었다면, 까딱하다 아랫도리가 험난한 꼴을 당할뻔한 아찔한 상황이었다. 정말이지 더러운 기억이다. 그런데 이상하게도 그토록 더럽고 불쾌한 기억인데 다른 사람들과 대화를 섞다 보면 자연스럽게 흘러나오는 이야기이기도 하다. 일본 여행 중 있었던 일을 이야기할 때라거나, 뭐 좀 재밌는 이야기 없냐고 누군가가 그러면 늘 머릿속에서 떠오르곤 한다. 이게 어떻게 된 일이지. 물론 상황 자체는 재밌는 소재이기는 하나, 당시의 기분을 떠올리면 이렇게 남들한테 떠벌릴 만한 게 못된다. 외국에서 혼자 여행 중에 범죄를 당할뻔한 상황이었다. 웬 찐따 같은 놈이 멋대로 내 바지를 벗기고 팬티까지 내리려고 했는데, 기분이 어땠을지 한번 상상해보라. 시간이 한참 흘렀다고는 하지만, 이토록 재미나게 떠들고 있으니. 신기하게도 불쾌한 기억이 유쾌한 기억으로 뒤바뀐 것이다. 정말 아이러니한 일이 아닐 수 없다.

내가 말하려는 건, 단순히 일본 여행 중에 있었던 일화를 들려주려고 했던 건 아니고 기억에 관해서다. 앞서 이야기한 것처럼 불쾌했던 기억이 유쾌하게 남을 수 있는 건 무슨 이유에서일까. 일본에서 기억은, 안 좋았던 기억이 시간이 지나고 유쾌한 기억으로 남은 경우이다. 그런데 그와 반대되는 경우도 있다. 이제는 완전히 관계가 단절된 사람과의 지난 시절 함께 나눈 즐거웠던 기억은 대체로 허무하고 쓸쓸한 기억으로 남곤 한다. 다른 사람은 어떤지 모르겠지만, 나 같은 경우는 대체로 끊어진 인연과 한때 즐거웠던 기억은 웬만해서 되돌아보려고 하지 않는다. 문득 그게 내 의지와는 상관없이 머릿속에 떠오르면 쓸쓸하고 허무한 감정이 구름처럼 몰려온다.

기억 자체란 변하지 않는 게 아닌가 한다. 물론 오래된 기억은 두뇌의 한계로 왜곡될 수도 있고, 부분적으로 기억을 못하는 부분이 있다. 그래서 기억하는 게 조금은 달라질 수 있을지도 모른다. 하지만 기억 자체는 변하는 게 아니고 시간이 지나면서 사람이 변해가기 때문에 기억을 바라보는 모습 또한,

달라진다는 말이 더 옳을 것이다. 앞서도 이야기했듯이 끊어진 인연과의 즐거웠던 옛 추억을 떠올리는 일이 그렇다. 당시에는 즐거웠던 기억이었을지 몰라도, 인연이 끊어진 시점에서 그 순간을 떠올리는 것은 마냥 즐거운 기억이 될 수는 없을 것이다.

예전에 김영하의 소설 『살인자의 기억법』을 읽으면서 느낀 것들이 있다. 소설은 알츠하이머에 걸려 점점 기억을 잃어가는 늙은 살인자의 이야기를 담고 있다. 책을 읽은 후 인간의 삶은 심장이 멈추는 날을 마지막으로 생각할 수 있지만, 육신이 살아있더라도 기억이 멈추는 날 또한 삶의 마지막이라고 생각할 수 있겠구나 하는 걸 느꼈었다.

소설 『살인자의 기억법』에서 주인공은 살아있지만, 더이상 기억을 할 수 없는 순간이 찾아온다. 그렇게 한 사람의 인생의 이야기는 그때 끝이 난다. 기억의 마지막 순간과 함께 인생의 시나리오도 막을 내린다.

삶의 마지막에는 어떤 기억이 남을까. 어떤 기억

들이 모이고, 편집되고, 각색되고, 윤색되어서, 인생의 이야기는 어떻게 완성 짓게 될까. 내 인생을 어떤 기억으로 간직하고 이 생을 떠나게 될까. 정말로 궁금하다.

에필로그

첫 번째 글 「저승사자 어르신 잠깐만」에서 말한 것처럼 늘 언제든지 죽을지도 모른다는 생각을 합니다. 그래서인지 저는 삶에 대한 애착은 별로 없는 것 같습니다. 이 말이 열심히 살지 않는다는 말은 아닙니다. 열심히 살긴 하지만, 언제든지 훅 갈 수 있는 게 인생이라고 생각하다 보니 삶에 대한 집착 같은 게 그다지 없는 것 같습니다. 그래서 만약 언젠가 죽게 된다면 '아 이제 가는 건가?'라고 담담하게 생각하지 않을까 합니다.

그런데 책을 본격적으로 준비하는 근 두 달 정도는 꽤 집착했던 것 같습니다. 책이 나올 때까지는 절대 죽고 싶지 않다고 말입니다. 책이 나오고 난 후에는 또 역시 평소처럼 '언제든지 훅 갈 수 있는 게 인생이니까' 하며 담담하게 살 것 같은데, 책이 나오기 전에는 절대 죽고 싶지 않았습니다. 그래서 차조심하고, 신호등도 평소보다 잘 보고 걸었습니다.

그래서 음…… 하고 싶은 말은…… 없습니다. 그냥 그랬다고요. 항상 글을 적을 때마다 문장을 마무리하는 게 제일 어려웠는데, 이 문장은 그냥 여기서 어중간하게 놓아두겠습니다. 이제 좀 쉬고 싶네요.

읽어주셔서 감사합니다.

아, 그리고 저 그렇게 말이 없는 사람은 아닙니다. 친하면 말 그래도 꽤 하는 편입니다.

추천의 말

꼬부라진 머리카락에 평범한 뿔테 안경을 쓴 소심한 재필아. 드디어 니가 또 책을 한 권 완성했구나. 되도 안 하는 겉멋 같은 거 안 부리고 솔직한 글로 웃음과 블루스를 주는 재주를 가진 니가 이 행님은 자랑스럽단다. 책을 어려워하는 나에게 화장실이건 버스건 지하철이건 이불 속이건 간에 상관없이 쉽게 펼칠 수 있는 책을 선사해주어 고맙다. 하루에 한 편씩 읽고 또 생각하마.

김태춘 뮤지션, 〈가축병원블루스〉 〈악마의 씨앗〉

어디선가 보고 들은 말을 제 것인 양 떠드는 경우가 있다. 이런 사실을 자각할 때면 왠지 거짓말을 한 것 같아 적잖이 부끄러워진다. '원래 그렇게 말이 없어요?'라고 묻게 만드는 재필 씨. 아마도 스스로 생각한 만큼 자신에게 정직한 말을 찾고 있는 게 아닐까.

현영석 작가, 《록'셔리》

재필 씨는 항상 말이 없었다.

정확히 말하자면 말이 없다기보다 단순히 공간을 채우기 위해 '빈틈없이 메꾸는 말'이 없었다.

내가 스무 마디를 하는 동안 재필 씨는 두세 마디를 내뱉는데 그럴 때면 그는 몇 가지 준비운동을 했다. 눈동자를 딴 곳으로 돌리고 입술을 씰룩거린 후 한 박자 늦게 입을 뗐다. 그 모습은 분명 말을 내뱉기 전 신중히 생각하는 모습이었고 나를 배려하고 있다는 느낌을 주었다. 하지만 이상하게도 그의 배려를 받을수록 나는 내 얘기만 했다. 이런 이기적인 모습에도 재필 씨는 옅은 미소를 띠며 얘기를 경청

해주었다.

그런 재필 씨가 두 번째 책을 냈다. 사소한 얘기에도 귀 기울이며 카오스와 에로스가 한데 엉킨 세상을 세심히 관찰했다. 그리고 조금씩 비틀어진 만사에 그만의 방법으로 저항하거나 받아들인 이야기를 책으로 담았다. 평범한 일상 속의 특별한 일을 바라는 우리에게 그는 일상 속의 작은 것을 특별히 여기는 방법을 들려준다.

소심하고 말이 없는 재필 씨가 어쩌면 가장 대담하고 재미있는 이야기꾼일지도 모르겠다.

전경빈 디자이너(핏보우 콜렉티브 책임 프로듀서)

유재필

1985년 6월 17일 6시 15분 생, 유재필이라고 합니다. 김일두의 음악과 최금진의 시를 사랑하고, 죽기 전에 곱고 맑은 사랑 한번 하는 게 꿈입니다.

www.yoojaepil.com

원래 그렇게 말이 없어요?

2017년 7월 31일 1판 1쇄 발행

2018년 4월 16일 1판 2쇄 발행

지 은 이 유재필

그 린 이 배성태

공동기획 스토리지북앤필름 강영규

발 행 인 이상영

편 집 장 서상민

편 집 인 이경은, 한성옥, 채지선

디 자 인 이혜원

마 케 팅 김수아

펴 낸 곳 디자인이음

등 록 일 2009년 2월 4일:제300-2009-10호

주 소 서울시 종로구 효자동 62

전 화 02-723-2556

메 일 designeum@naver.com

blog.naver.com/designeum

instagram.com/design_eum